U0449096

萤

Haruki Murakami

螢・納屋を燒く・その他の短編

[日] 村上春树 著

林少华 译

上海译文出版社

目录

现实与非现实之间   *001*

萤   *001*

烧仓房   *036*

跳舞的小人   *063*

盲柳与睡女   *096*

三个德国幻想   *137*

后记   *152*

现实与非现实之间

《萤》原名为《萤,烧仓房及其他》,创作于1982年至1984年之间,1984年结集出版,是村上春树第三部短篇小说集,收有五个短篇,是村上篇数最少的短篇集。篇数虽少,手法却不少。《萤》是写实的,为现实主义风格。《跳舞的小人》和《三个德国幻想》是写虚的,颇有现代主义以至后现代主义色彩。《烧仓房》和《盲柳与睡女》介于二者之间,或虚或实,虚实莫辨。这部短篇集进一步展示了村上文学风景的扑朔迷离和一触即发的创作潜能。也可以说是他创作道路上的一个"十字路口"——《萤》直接走向《挪威的森林》,《三个德国幻想》转入《世界尽头与冷酷仙境》,《跳舞的小人》未尝不是《电视人》的前站,其中制作大象的车间又同后来的《象厂喜剧》和《象的失踪》连成"象的谱系"。

据村上介绍，写《萤》这个短篇时，并未预想日后会有下文。把《萤》扩充为《挪威的森林》，是讲谈社一位编辑提议的。那位编辑说她喜欢《萤》，想接着看长些的。于是村上动笔加长，结果一动笔就收不住了。但情节真正动起来是在绿子出现之后。因为这样就增加了一条线，绿子和"我"属于现实世界或阳界这条线，直子则属于另一世界或阴界那条线。"故事就在那一世界同这一世界相对比的过程中向前流动。并且绿子那个女孩成了情节发展的动力。如果只写直子，很可能二三百页稿纸就写完了，毕竟直子没那么大能量。"（参阅《村上春树访谈：我这十年》，载于《文学界》1991年4月临时增刊号"村上春树BOOK"）

一看便知，《萤》后来大体成为《挪威的森林》第二、三章，区别只在于后者增加了永泽部分。不用说，绿子也还没有出现。《萤》中没有绿子，没有绿子带来的"简直就像刚刚迎着春光蹦跳到世界上来的一只小动物"般的青春气息，通篇波澜不惊，弥散着淡淡的感伤氛围。因为《挪威的森林》早已广为人知，再特意介绍《萤》的情节显然是多余的了。因此这里只想谈一下在谈《挪威的森林》时未及充分展开的两点：关于萤火虫，关于生与死。

| 现实与非现实之间 |

我凭依栏杆,细看那萤火虫。我和萤火虫双方都长久地一动未动,只有夜风如溪流一般从我们之间流过。榉树在黑暗中摩擦着无数叶片,簌簌作响。

我久久地、久久地等待着。

过了很长很长时间,萤火虫才起身飞去。它忽有所悟似的,蓦然张开双翅,旋即穿过栏杆,淡淡的萤光在黑暗中滑行开来。它绕着水塔飞快地曳着光环,似乎要挽回失去的时光。为了等待风力的缓和,它又稍停了一会儿,然后向东飞去。

萤火虫消失之后,那光的轨迹仍久久地印在我的脑际。那微弱浅淡的光点,仿佛迷失方向的魂灵,在漆黑厚重的夜幕中往来彷徨。

我几次朝夜幕中伸出手去,指尖毫无所触,那小小的光点总是同指尖保持着一点不可触及的距离。

这既是《萤》的结尾,又是《挪威的森林》第三章的结尾,几乎一字不差。一般说来,村上笔下很少出现富有日本风情的景物。没有春天盛开怒放云蒸霞蔚的樱花,没有夏日染蓝水边恬静优雅的

003

唐菖蒲，没有秋季漫山遍野五色斑斓的红叶，甚至没有终年白雪皑皑的富士山。这里刻意描绘的萤火虫虽然没有那么典型，但无疑是日本文学固有的借以抒情的对象物。如成书于一千多年前、被视为日本随笔"双璧"之一的《枕草子》开篇就专门提及这小小的飞虫。作者清少纳言认为四季最有情趣的时分是春之拂晓、夏之夜晚、秋之黄昏和冬之清晨。而夏日夜晚的点睛之笔是萤火虫："月华皎皎自不待言，夜色深深时亦因有萤火虫交相飞移而别具情趣。"不仅如此，萤火虫还是"俳句"中必不可少的夏季"季语"之一。由此看来，尽管村上受西方文学尤其美国当代文学影响极深，但也并未割断——有意也好无意也好——同传统日本文学之间的血脉。村上至少在中学"国语"课堂上学过《枕草子》这段名文。当然，村上在这里是用萤火虫隐喻直子及"我"和直子的恋爱悲剧。那仿佛迷失方向的在夜幕中往来彷徨的"微弱浅淡的光点"无疑暗示直子的精神困境，而萤火虫总是同指尖保持不可触及的距离则透露了"我"同直子的时下关系及其进程的信息。这点在发展成为长篇后也未改变。

　　要谈的第二点是关于生与死的生死观。

死并非生的对立面，而作为生的一部分永存。

……

在此之前，我是将死作为完全游离于生之外的独立存在来把握的，就是说，"死迟早将我们俘获在手。但反言之，在死俘获我们之前，我们并未被死俘获"。在我看来，这种想法是天经地义、无懈可击的。生在此侧，死在彼则。

然而，以朋友死去的那个晚间为界，我再也不能如此单纯地把握死（或生）了。死不是生的对立面。死本来就已经包含在"我"这一存在之中。

这段同《挪威的森林》第二章结尾部分相关段落差异不大，堪称村上关于生与死的经典性表述，集中传达了他的生死观。其作品中所以经常有人死去——而且死得似乎那么轻而易举——同这种生死观有很大关系。那么，村上的生死观同日本传统的生死观之间的关系又是怎样的呢？无须说，日本传统的生死观主要来源于武士道。关于这点，作为武士道经典文本的成书于1716年的《叶隐闻书》（山本常朝口述，田代阵基笔录。中译本由广西师大出版社

2006年7月出版，李冬君译）卷一说得十分明确："所谓武士道，就是看透死亡。于是在两难之际，要当机立断，首先选择死……死就是目的，这才是武士道中最重要的。每朝每夕，一再思死念死决死，使常住死身，使武士道与我身为一体。"甚至说"武士道就是对死的狂热"。三岛由纪夫之死及其鼓吹的死亡美学、暴烈美学即是武士道生死观在现代一个扭曲的翻版。所以说扭曲，是因为三岛为之殉死的"名誉"在70年代的日本已不再为人称道。也就是说，武士固然把名誉看得高于一切，为了名誉宁愿割腹自杀，但名誉必须是真正的名誉。日本思想家、教育家新渡户稻造（1862—1933）在所著《武士道》一书中就曾这样写道："真正的名誉是执行天之所命，如此而招致死亡，也决非不名誉。反之，为了回避天之所授而死去则完全是卑怯的！在托马斯·布朗爵士的奇书《医学宗教》中，有一段与我国武士道所反复教导的完全一致的话。且引述一下：'蔑视死是勇敢的行为，然而在生比死更可怕的情况下，敢于活下去才是真正的勇敢'。"（《武士道》，张俊彦译，商务印书馆2000年9月版）前面说了，日本传统的生死观深受武士道的影响，而作为武士道赖以形成的渊源，除了传统神道教，还有外来的佛教和儒教。佛教尤其禅宗哲理赋予其"生死一如"的达观,儒教为其注入厚重强烈的道德感,而以王阳明学说为宗的日本新儒学则赋予"知行合一"的自信和果敢。所谓"花惟樱花人惟武士",就是这种生死姿态的象征:生命在其最灿烂的时候戛然而止,开的时候轰轰烈烈波涌浪翻,落的时候利利索索联翩委地,不现老丑衰败之态。换成《挪威的森林》的说法,"惟死者永远十七"。《且听风吟》则说:"她们由于一死了之而永葆青春年华。"

由此观之,"死并非生的对立面"这样的说法并非完全没有武士道"常住死身"的影子。而作品人物的轻易自杀,若仅仅从形式上看——不考虑"名誉"等道德内涵——也多多少少带有这种传统生死观的印记。也是因为时有读者来信问我村上小说为什么有那么多人轻易自行中止生命的流程,所以这里就此多谈了几句。同时想强调一句,即使武士道对待生命的态度也是慎重的,如上面引文所说:"在生比死更可怕的情况下,敢于活下去才是真正的勇敢"。

下面看《烧仓房》。《烧仓房》是一篇既有现实性又有非现实性或者莫如说现实性被一点点剥离的奇妙故事。"我"认识了她,她从北非旅游回来时领回一个男友。其男友突然说自己时常烧仓房,而且下次准备烧的仓房就在"我"住处附近。于是"我"把周围十六处仓房仔细勘察一遍。等了两个月仓房仍一处也没被烧掉。不料见面时他却说"当然烧了，烧得一干二净，一如讲定的那样"。小说结束时这个疑问也没结束：仓房烧了还是没烧？简直就像《舞！舞！舞！》中五反田就喜喜遇害自己问自己：杀了还是没杀？

威廉·福克纳早就有个短篇小说叫《烧仓房》，但村上说他当时并非福克纳小说的热心读者，没有读过，就连福克纳有题为《烧马棚》的小说一事本身都不知晓。他说自己这篇小说中的仓房"是在心田一角忽然静静燃烧的仓房"。然而小说中烧仓房场景又那么富有现实性："浇上汽油，扔上擦燃的火柴，看它忽地起火——这就完事了。烧完十五分钟都花不上。"这同女主人公"她"表演的"剥橘皮"哑剧差不多是一回事。本来没有橘子，但在看她表演——拿起想象中的橘子慢慢剥皮，又一瓣一瓣放入口把渣吐出，继而把渣用橘皮包好放进盘中——的过程中，现实和非现实、存在与想象就渐渐没了分别，甚至两相颠倒：现实没有现实性，非现实却有现实性。应该说，这既是村上小说世界的一个主要特色，又是作者对当代社会、尤其当代都市生活的一种独特观察和生命体验。

《跳舞的小人》是故事情节最荒诞的一篇。在象厂制作象耳的"我"看中了一个在另一车间制作象腿的漂亮女孩,但女孩横竖不搭理"我"。"我"很苦恼,就把这件事告诉了梦中出现的跳舞的小人。小人出主意说由他钻进"我"体内邀女孩一起跳舞,保准女孩手到擒来。但条件是"我"不能出声,若出声小人就不从"我"体内出来了,将"我"的身体据为己有;否则身体仍是"我"的。事情的发展果如小人所料,跳完舞"我"很快把女孩按倒在山坡草地上。当我要吻女孩时,突然发现有蛆虫从女孩鼻孔连连爬出,吓得我赶紧闭起眼睛。但"我"硬是忍着没有出声。睁开眼时,原来"我"正和女孩相互接吻,"柔和的月光照着她桃红色的脸颊。我明白自己战胜了小人:我终于一声未发地做完了一切"。

现实恍若梦境,梦境恍若现实——主人公就是这样自由通行于现实与非现实、"我"与"非我"之间,以致主人公不由得发出这样的疑问:"那么真正的我又究竟在哪里呢?"是啊,真正的我究竟在哪里呢?作为创作手法,这篇小说已经有了"后现代"意味,用充满模糊性、断裂性和不确定性的荒诞情节凸现现代社会的本质性真实和现代人的生存窘境。也就是说,作品意在提醒人们注意荒诞背后的不荒诞。哈佛大学教授杰伊·鲁宾（Jay Rubin）颇为满意这个短篇："集子中最令人震惊的是那篇《跳舞的小人》（1984年1月）。如果说村上早期短篇的魅力在于介于现实和常识边界的那种张力，那么这篇小说却远远跨越了这条界线。"并且断言："《跳舞的小人》完美地展示出村上将传统的故事主题以令人震惊的方式讲述出来的才能，在某种意义上说来，也是《世界尽头与冷酷仙境》中大规模描述两个对立世界前的一次练兵。"（杰伊·鲁宾《倾听村上春树——村上春树的艺术世界》，冯涛译，上海译文出版社2006年6月版，原书名为"Haruki Murakami and the Music of Words"）

《盲柳与睡女》是"我"陪表弟去医院看耳朵的故事，其间插入一段回忆：八年前"我"十七岁的时候和朋友一起去医院探望他的女友（骑摩托和巧克力礼物那段描述极像《挪威的森林》第六章直子对木月和"我"去医院看她的回忆），对方画出想象中的所谓盲柳，沾满盲柳花粉的小苍蝇钻进一个女子的耳朵让她昏睡，继而钻进女子体内噬咬她的肉，最后整个把女子"吧唧吧唧"吃光。时空交错，虚实混淆。村上再次显示了他的本事：把想象世界写得比现实世界还富有质感和生机，他让现实、"现在进行时"同想象、记忆

| 现实与非现实之间 |

中的"过去时"进行较量并且总让后者战而胜之。换言之,在村上笔下,非现实对现实的入侵每每获得成功。

作者在神户大地震发生后的 1995 年 9 月去了神户及其附近的芦屋,在那里举行作品朗读会,所得收入捐给了两地的图书馆。当时朗读的就是《盲柳与睡女》。这是因为作品舞台就在神户的山麓一带,村上又是在那里长大的。但篇幅长了些,很难一次朗读完毕,于是大幅压缩。压缩后的改名为《盲柳,及睡女》,后来收入另一部短篇集《列克星敦的幽灵》之中。村上说这是他"最喜欢的原创短篇小说"(《村上春树全作品 1990—2000》第 3 卷解题,讲谈社 2003 年 3 月版)。我最喜欢的,较之整篇小说,莫如说更是开头关于风的描写,极有质感:

> 挺直腰闭起眼睛,闻到风的气味,硕果般胀鼓鼓的五月的风。风里有粗粗拉拉的果皮,有羊肉的黏汁,有果核的颗粒。果肉在空中炸裂,果粒变成柔软的霰弹,嵌入我赤裸的臂腕,留下轻微的痛感。
>
> 很久不曾对风有如此感觉了。久居东京,早已忘了五月的

风所具有的奇妙的鲜活感。就连某种痛感人都会忘个精光，甚至嵌入肌肤浸透骨髓的什么的冰冷感都会忘得一干二净。

《三个德国幻想》的创作灵感当然来自德国。当时柏林墙还在，因此这里的德国并非冷战后统一的德国。第二篇的舞台显然是在东柏林，第三篇则在西柏林，第一篇的博物馆则弄不清楚位于哪边。三篇都很短。即使从文体上看也更像随笔或小品文。内容虽是想入非非虚无缥缈的"幻想"，却又横亘着二战柏林战役和柏林墙那样钢铁般坚硬的史实和现实。不妨说，村上在游弋于非现实的虚拟世界的过程中并没有忘记对历史的关注和对现实的质疑。或者毋宁说虚拟或幻想本身即是这样一种关注和质疑，即是对于历史和现实社会的真实性的另类把握和阐释。至于情节——如果说有情节的话——实在没有什么好介绍的了。相比之下，修辞方面倒是可以找出几个颇有兴味的例子：

◎（博物馆藏品）简直就像在饥寒交迫中紧紧缩起脖子的孤儿蜷缩在玻璃展柜中闭目不动。

◎ 早晨静静的天光和无声无息的性行为预感像往常那样支配着博物馆的空气，一如融化了的杏仁巧克力。

◎ 性如潮水一般拍打博物馆的门。挂钟的时针刻画出上午十一时的锐角。冬日的阳光低头舔着地板，一直舔到房间正中。

◎ 我们桌的女侍应生漂亮得百里挑一，泛白的金发，蓝色的眼睛，腰肢紧紧收起，笑脸妩媚动人。她以俨然赞美巨大阳物的姿势抱着带把的扎啤酒杯朝我们桌走来。

四个例句中，后面三个都涉及性。作者为什么会在冬季的博物馆和戈林要塞那样冷清清的地方产生性幻想呢？二者岂不毫不搭界？委实匪夷所思。纵使作为幻想也未免过于不着边际了。尤其最后那句"巨大阳物"比喻，换个角度看，未尝不可以说是神来之笔。无论气氛还是手法都不由得令人想起《寻羊冒险记》第三章开头出现的水族馆里的鲸鱼阴茎："它看起来有时像一株干枯的小椰树，有时像一穗巨大的玉米棒。如果那里不竖着'鲸鱼生殖器·雄'的标牌，恐怕任何人都不会注意那便是鲸的阴茎……那上面漾出一种哀戚，一种被割阴茎特有的难以言喻的哀戚。"这里诚然没有把鲸鱼阴茎比喻为超大号扎啤酒杯，但毕竟有异曲同工之妙。这也是村上式比喻的一个特点：把两个几乎毫不相干的东西扯在一起，让人在出乎意料之中少顷漾出会心的微笑。

林少华

2009年2月21日于窥海斋

时青岛草色隐约迎春花开

萤

很久很久以前——其实也不过大约十四五年前，我住在一座学生寄宿院里。我十八岁，刚上大学，对东京一无所知，单独一个人生活也是初次。父母放心不下，在这里给我找了一间宿舍。当然也有费用方面的考虑，同一般单身生活开销相比，学生宿舍要便宜得多。就我个人说，本打算租一间公寓，一个人落得逍遥自在，但想到私立大学的入学费和学费以及每月的生活开支，也就不好意思开口了。

寄宿院坐落在城内风景不错的高坡上，占地满大，四周有高高的混凝土围墙。进得大门，迎面矗立着一棵巨大的榉树，树龄听说有一百五十年，或者更长些也说不定。站在树下抬头望去，天空被绿叶遮掩得严严实实。

一条水泥甬道绕着这棵巨木迂回转过，然后再次呈直线穿过中庭。中庭两侧平行坐落着两栋三层高的钢筋混凝土楼房，都是大型建筑。大敞四开的窗口传出收音机里音乐节目主持人的声音。每个窗口的窗帘一律是奶黄色，属于最耐晒的颜色。

沿甬道径直前行，正面便是两层楼的主楼，一楼是食堂和大浴池，二楼是礼堂和几个会议室，甚至有贵宾室。主楼旁边是第三栋寄宿楼，也是三层。院子很大，绿色草坪的正中有个喷水龙头，旋转不止，反射着阳光。主楼后面是棒球和足球两用的运动场和六个网球场。应有尽有。

寄宿院唯一的问题——是否应视为问题在看法上还有分歧——在于它是由以某个极右人物为中心的一家性质不明的财团法人所经营的，这点只消看一下那本作为寄宿指南的小册子和寄宿生守则，便可知道十之八九。"究教育之根本，在于培养于国有用之材。"此乃寄宿楼的创办宗旨，赞同这一宗旨的诸多财界人士慷慨解囊……这是对外的招牌，而其内幕，便以惯用伎俩含糊其辞，准确地说来没有任何人晓得，称其逃税者有之，说它以建寄宿楼之名而采取形同欺诈的巧妙手腕骗取这片地产者有之，谓其纯属沽名钓誉者有

| 萤 |

之。其实怎么说都无所谓，反正从一九六七年春到第二年秋天这段时间里，我是在这寄宿院内度过的。就日常生活这点来说，右翼也罢，左翼也罢，伪善也罢，伪恶也罢，并无多大区别。

寄宿院的一天是从庄严的升旗仪式开始的，当然也播放国歌。如同新闻节目离不开进行曲一样，升国旗也少不了放国歌。升旗台在院子正中，从任何一栋寄宿楼的窗口都可看见。

升国旗是东楼（我所住的）楼长的任务。这是一个大约五十岁的汉子，高个头，目光敏锐，略微掺白的头发显得十分坚挺，晒黑的脖颈上有条长长的伤疤。据说此人出身于陆军中野学校。他身旁侍立着一个学生，一副升旗助手的架势。这学生的来历别人也不甚知晓。光脑袋，经常一身学生服，既不知其姓甚名谁，也不知其房间号码，在食堂或浴池里也从未打过照面，甚至弄不清他是否真是学生。不过，既然身着学生服，恐怕还得是学生才对——只能如此判断。而且此君同"中野学校"却是截然相反：矮个子，白面皮，胖墩墩的。就是这一对搭档每天早上六点钟在院子里升那太阳旗。

住进之初，我时常从窗口观看这升旗光景。清晨六时，两人几乎与收音机的报时笛同步地在院中亮相。"学生服"手提扁扁的桐木箱,"中野学校"提一台索尼牌便携式磁带收录机。"中野学校"把收录机放在升旗台脚下,"学生服"打开桐木箱。箱里整齐叠放着国旗,"学生服"把旗呈给"中野学校","中野学校"随即给旗穿上绳索,"学生服"便按一下收录机开关。

君之代。

旗一蹭一蹭地向上爬去。

"砂砾成岩兮"——唱到这里时,旗溜到旗杆中间,"遍覆青苔"——音刚落,国旗便爬到了顶尖。两人随即挺胸凸肚,取立正姿势,目光直直地仰视国旗。倘若晴空万里,又赶上阵风吹来,那光景甚是了得。

傍晚降旗,其仪式也大同小异,只是顺序恰与早上相反,旗一溜烟滑下,收进桐木箱即可。晚间国旗却是不随风翻卷的。

何以晚间非降旗不可,其缘由我无从得知。其实,纵然是夜里,国家也照样存续,做工的也照样不少,而他们居然享受不到国

| 萤 |

家的庇护，我觉得委实有欠公道。不过，这也许并不足为怪，谁也不至于对此耿耿于怀。介意的大概除我并无他人，况且就我而言，也是姑妄想之而已，从来就没打算寻根问底。

房间的分配，原则上是一二年级两人一房，三四年级每人一房。

两人一个的房间，有六张榻榻米大小，略显狭长，尽头墙上开有铝合金框窗口。里面的家具，结构都简单得出奇，且结实得可以。有两套桌椅，一架双层铁床，两个衣箱，以及直接安在墙壁上的搁物架。差不多所有房间的搁物架上都摆有收音机、吹风机、电暖瓶、电热器和用来处理速溶咖啡、方糖、速食面的锅和简单的餐具。石灰墙上贴着《花花公子》里的大幅美人照，桌上的小书架里排列着几册教科书和流行的小说。

房间里因都是男人，大多脏得一塌糊涂。垃圾篓底沾着已经发霉生毛的橘子皮，代替烟灰缸用的空罐里烟头积了十多厘米，杯里沾着咖啡渣，地板上散乱地扔着方便面外包装袋、空啤酒罐之类。风一吹来，灰尘便在地板上翩翩起舞，还有一股难闻的气味。大家把全部要洗的东西塞到床下，没有一个人定期晾晾卧具，每件被褥都释放出无可救药的气味。

不过相比之下，我的房间却干净得无与伦比。地板上纤尘不染，烟灰缸也常洗常新，卧具每周晾晒一次，铅笔在笔筒内各得其位，墙壁上没有美人照，而贴了一张阿姆斯特丹运河的照片。这都因为我的室友近乎病态地爱洁成癖，所有清扫都由他一手包办，连洗洗刷刷也承担下来，无须我动一下手指。每次我把空啤酒罐放在桌上，转眼间就消失到了垃圾篓中。我这位室友是学地理学专业的。

"我嘛，是学绘地、地、地图。"刚见面时他对我这样说道。

"喜欢地图？"我问。

"嗯。大学毕业，去国土地理院，绘地、地、地图。"

于是我不禁感叹，世上果真有多种多样的希望！而在此以前我从未想过绘地图的究竟是怎样一些人，他们怀有怎样的动机。不过，问题首先是，想进国土地理院的却是每说到"地图"两字便马上口吃之人，也真是有些奇妙。他也不总是口吃，但一说到"地图"一词，便非口吃不可，百分之百。

"你、你学什么？"他问。

| 萤 |

"戏剧。"我答道。

"戏剧？就是演戏？"

"不不，那不是的。是学习和研究戏剧，例如拉辛啦易卜生啦莎士比亚啦。"

他说，除莎士比亚外都没听说过。其实我也彼此彼此，只记得课程简介上这样写的。

"不管怎么说，你是喜欢啰？"

"也不是特别喜欢。"我说。

他困惑起来。一困惑，口吃更厉害了。我觉得自己好像做了件十分对不起人的事。

"什么都无所谓，对我来说。"我解释道，"印度哲学也罢，东洋史也罢，什么都行。看中戏剧纯属偶然，如此而已。"

"不明白，"他说，"我、我、我嘛，因为喜欢地、地、地图，才学地、地、地图的。为了这个，我才好歹让家里寄钱，特意来东京上大学。你却不是这样……"

他讲的固然是正论，我便不再解释了。随后我们用火柴杆抽签，决定上下床，结果他睡上床。

他身上的装束，总是白衬衫加黑裤子。光头，高个儿，颧骨棱角分明。去学校时，经常一身学生服。皮鞋和书包也是一色黑。看上去俨然一个右翼学生。实际上周围人也大多这样看他。但说实话，他对政治百分之百的麻木不仁，之所以这样打扮，不过是因为懒得去选购衣服罢了。他所留心的仅限于海岸线的变化和新铁路隧道竣工之类的事情。每当接触这方面话题，他便结结巴巴地一讲一两个小时，直到我大声哀叹或睡着才住嘴。

清晨六点，他随着足可代替闹钟的"君之代"歌声准时起床，看来那升旗仪式也并非毫无效用。旋即穿衣，去洗手间洗漱，洗漱时间惊人的长，我真怀疑他是不是把满口的牙一颗颗拔下来统统刷洗了一遍。返回房间后，便将毛巾小心翼翼地按平皱纹，搭在衣架上，把牙膏和香皂放回搁板，随后拧开收音机做广播体操。

相对说来，我这人属于夜猫子，而一睡熟便不轻易醒。所以即使他起来弄得簌簌作响，甚至打开收音机做广播体操，一般我都只管大睡特睡，唯独到了跳跃动作时，才非醒不可。不容你不醒：他跳动之时——也确实跳得相当之高——弄得我脑袋在枕头上上上下

| 萤 |

下足有五厘米距离。

"对不起,"第四天我开口了,"广播体操在楼顶天台什么地方做好么?你那么一做我就不用睡了。"

"那怎么成!在楼顶做,三楼的就有意见了。这里是一楼,下边没人。"

"那就在院子里做!"

"那也不行。我没半导体收音机,听不到音乐,没音乐我又做不了操。"

的确,他的收音机是电源式的。而我那个倒是半导体,可又只能收立体声短波。

"那就小点声,把跳跃动作去掉,太吵了,对不起。"

"跳跃?"他满脸惊异,反问道,"跳、跳跃是什么?"

"哦,就是上上下下一蹦一跳的!"

"没那回事啊!"

我开始头痛了,没心思再和他啰嗦下去。但转而一想,既然话已出口就该说清楚才是。于是我一边哼着NHK广播那段"第一套广播体操"的曲子,一边在地上实际蹦跳一番。

"喏，就这个，怎么能没有呢？"

"啊，倒也是，倒是有的，没注意。"

"所以，"我说，"只希望你把这部分免掉，其他的我全部忍气吞声。"

"不行不行。"他说得倒也干脆，"怎么好漏掉一节呢！我是十年如一日做过来的。一旦开了头，就、就下意识地一做到底。要去掉一节，就、就、就全部做不出来了。"

"那就全部免掉！"

"你这样讲可不好，简直是发号施令。"

"喂，我可没发什么号令，只不过想起码睡到八点钟。就算要早起，也还是得自然而然地醒来才行，我可不愿意像抢吃面包赛跑似的醒来。就这话，明白？"

"明白是明白的。"他说。

"那，你看如何是好？"

"起来一块儿做就行了吧。"

我只好作罢，重新上床。那以后他还是一天不少地做那个广播体操。

|萤|

*

讲罢我这室友和他做广播体操的新闻,直子"噗哧"笑出声来。其实我并不是当笑柄讲的,但结果我也笑了。看见她的笑脸——尽管稍纵即逝——实在相隔很久了。

我和直子在四谷站走下电车,沿铁路边的土堰往市谷方向走去。这是五月中旬一个周日的午后。早上开始下的雨,到上午就已完全止息了。低垂的阴沉沉的雨云,也似乎被南来风一扫而光似的无影无踪,鲜绿鲜绿的桉树叶随风摇曳,闪闪烁烁。太阳光线已透露出初夏的气息。擦肩而过的人都脱去毛衣和外套,搭在肩头。网球场上,小伙子脱去衬衫,穿一件短裤挥舞着球拍,球拍的金属框在午后的阳光下闪闪发光。

只有并坐在长凳上的两个修女,依旧循规蹈矩地身着黑色的冬令制服,但两人还是津津有味地谈论着什么。看见她俩这副样子,似乎夏天还是为期遥远的事。

走了十五分钟,背上渗出汗来。我脱去棉布衬衣,只穿T恤。她把浅灰色运动衫的袖口挽到臂肘上。看上去洗过好多遍,颜色都已经褪了。很久以前我也好像见她穿过同样的衣服，不过也许只是觉得而已。我已无法真切地记起很多很多的事，仿佛一切都发生在十分久远的往昔。

"和别人朝夕相处，可有意思？"

"弄不太清，时间毕竟不是很长。"

她在饮水台前停住，喝了一小口水，从裤袋里掏出白手帕擦了擦嘴，然后弯下腰，细心地重新系好皮鞋带。

"你说，我也能过那种生活？"

"集体生活？"

"嗯。"直子说。

"怎么说呢，麻烦事比预想的要多。一些规定啰啰嗦嗦，还有什么广播体操。"

"呃——"她沉吟良久，之后凝眸注视我的眼睛。她的眼睛异乎寻常的清澈，这以前我竟没有发现她有着如此晶莹澄澈的眸子——那种透明度很特别，特别得有些不可思议，使人觉得如同面对天空。

"不过，我常常在想是不是该那样做，就是说……"说到这

| 萤 |

里，她定定地注视着我的眼睛，咬紧嘴唇，随即低下头。"说不清楚，算了。"

交谈到此为止，直子再次移动脚步。

我有半年没见到直子了。这半年里，直子瘦成了另一个人，原先很有特征的丰满的脸颊变得几乎平平的了，脖颈也显然细了好多，但完全不至于给人以瘦骨嶙峋的印象。她要比我以前印象中的漂亮得多。我很想就这点向直子讲点什么，但不知怎样表达，结果什么也未出口。

我们也不是有什么目的才到四谷来的。在中央线电车里，我和直子不期而遇。双方都没有要办的事。直子说声下车吧，我们就下了车，那站就是四谷站。当然，只剩下两人后，我们也没有任何可供畅谈的话题。至于直子为什么说下车，我全然不明白，话题一开始就无从谈起。

出得车站，她也没说去哪里便快步走起来，我便追赶似的尾随其后。直子和我之间，大致保持着一米左右的距离。直子不时回头搭话，我有时应答自如，有时不知如何回答，也有时听不清她说了什么。但对直子，这好像都无所谓。她说完自己想说的，便继续默默前行。到得驹迂,太阳已经落了。

"这是哪儿?"直子问我。

"驹迂。"我说,"我们兜了个大圈子。"

"怎么到这儿来了?"

"你来的嘛,我只是跟着。"

我们走进车站附近的荞麦面馆,简单吃了点东西。从等东西端来直到吃完的时间里,我们都一句话也没说。我累得身体像要马上散架似的,她似乎始终在沉思什么。

"身体真不错啊。"我吃罢荞麦面说。

"没想到?"

"嗯。"

"别看我这样,初中时还是长跑选手呢。而且,由于父亲喜爱登山,我从小每到星期天就往山上爬,腿脚现在还很结实。"

"看不出来。"

她笑了。

"送你回家吧。"我提议。

"不必,"她说,"放心,一个人可以回去,别担心。"

| 萤 |

"我可是毫不碍事。"

"真的不必,我习惯一个人回去。"

坦率说来,她这种说法倒使我很感释然。一来到她的住处,乘电车单程都不止一个小时,二来两人老是一声不响地枯坐着也不是个滋味。结果,由她一个人独自回去,而吃饭则算我招待了。

"嗳,要是可以的话——我是说要是不影响你的话——我们以后再见面好么?当然,我知道按理我不该说这样的话。"临分别时她说道。

"这也谈不上什么按理不按理呀!"我吃了一惊。

她有点脸红,大概是我太吃惊的缘故。

"很难说明白,"直子解释道。她把运动衫的两个袖口曳到臂肘上边,旋即又拉回原来位置。电灯光把她细细的汗毛染成美丽的金黄色。"我没想说**按理**,本来想用别的说法来着。"

直子把臂肘拄在桌面上,闭起眼睛,搜寻合适的字眼,但未能如愿。

"没关系。"我说。

"表达不好,"直子说,"这些日子总是这样。一想表达什么,想出的只是对不上号的词儿，有时对不上号，还有时完全相反。要改口的时候，头脑就更混乱得找不出词来，甚至自己最初想说什么都弄不清楚了。简直就像身体被分成两个，相互做追逐游戏似的，而且中间有根很粗很粗的大柱子，围着它左一圈右一圈追个没完。而恰如其分的字眼总是由另一个我所拥有，这个我绝对追赶不上。"直子双手放在桌上，紧盯着我的眼睛，"这个，你能明白？"

"或多或少，谁都会有那种感觉。"我说，"谁都想表现自己，而又不能表现得确切，以致焦躁不安。"

我这么一说，直子显得有些失望。

"可我和这个也不同的。"直子说，但再没解释什么。

"见面是一点不碍事。"我说，"反正星期天我都闲得百无聊赖，再说走走对身体也好。"

我们在车站分手了，我说声再见，她也同样回了一声。

*

第一次见到直子，是高中二年级那年春天。她和我同岁，就读于有教会背景的正统女校。把直子介绍给我的是我一位要好的朋

| 萤 |

友,直子是他的恋人,两人是从小学开始的青梅竹马之交,两家相距不到二百米。

正像其他青梅竹马之交一样,两人单独相处的愿望似乎并不那么强烈。他俩时常相互去对方家里,同对方家人一起吃饭,拉我赴四人约会的事也有好几次。但由于我那处于萌芽状态的恋情未能进入开花期,结果只有我、朋友和她三个人一起游玩。况且就效果而言,这样倒最是其乐融融。就角色来说,我是客串演员,朋友是精明能干的节目主持人,直子则是笑意盈盈的助手,同时也是主角。

我这位朋友对自己的角色胜任愉快。他多少有一种喜欢冷笑的倾向,但本质上却是热情公道的人,对我、对直子都一视同仁,一样地开玩笑。倘若有一方默然不语,他就主动找话,巧妙地把对方拉入谈话圈内。他具有一种能力,可以准确无误地捕捉现场空气的变化,从而挥洒自如地因势利导。另外他还有一种颇为可贵的才能,可以从对方并不甚有趣的谈话中抓出有趣的部分来。因此,每次与他交谈,我就总是觉得自己是在欢度无限美妙的人生。

但每当他暂时离开只剩下两个人时,我和直子还是谈不上三言两语。双方都不晓得从何谈起，实际上我同直子之间也没任何共同语言。所以，我们只好一声不吭地喝水，或者摆弄桌面上的东西，等待他的转来。他一折回，谈话便随之开始。

他的葬礼过后大约三个月，我和直子见了次面，因有点小事，我们在一家饮食店碰头。事完之后，便没什么可谈的了。我搜刮了几个话题，向她搭话，但总是半途而废。而且她话里似乎带点棱角，看上去直子好像对我有所不满。于是我道别离开。

直子对我心怀不满，想必是因为同他见最后一次面说最后一次话的，是我而不是她。我知道这样说有些不好，但她的心情似可理解。可能的话，我真想由我去承受那场遭遇，但毕竟事情已经过去，再怎么想也于事无补了。

那是五月间一个下午，放学途中（准确说来，其实是逃学），我和他拐进一家桌球室，玩了四局，第一局我胜了，其余三局都由他赢了去。我按事先讲好的付了费用。

那天夜里，他在自家车库中死了。他把橡胶软管接在 N360 车的排气管上，用塑料胶布封好窗缝，然后发动引擎。不知他到底花

| 萤 |

了多长时间才死去。当他父母探罢亲戚的病,回来打开车库门停车的时候,他已经死了。车上的收音机仍然开着,雨刷上夹着加油站的收据。

没有遗书,也没有推想得出的动机。警察以我是同他最后见面说话的人为由,把我叫去听取了情况。我说:根本没有那种前兆,与平时完全一样。不说别的,一个决心马上自杀的人不可能在桌球台上连胜三局。警察对我对他似乎都没什么好印象,仿佛认为上高中还逃学去打桌球的人,即使自杀也没什么不可思议的。报纸发了一小条报道,事件就算了结了。那辆 N360 车被处理掉了。教室他用过的课桌上,一段时间里放了束白花。

高中毕业后来到东京,我要做的仅有一件事,那就是对任何事物都不想得过于深刻。什么敷有绿绒垫的桌球台呀,红色的 N360 车呀,课桌上的白花呀,我决定一股脑儿把它们丢到脑后。还有火葬场高大烟囱中腾起的烟,警察署问询室中呆头呆脑的镇纸,也统统一扫而光。起始几天,进行得似乎还算顺利。但不管我怎么努力忘却,仍有恍如一团薄雾状的东西残留不走,并且随着时间的推移,雾团状的东西开始以清楚而简练的轮廓呈现出来。那轮廓我可以诉诸语言，就是：

死并非生的对立面，而作为生的一部分永存。

诉诸语言之后，的确平凡得令人生厌，纯属泛泛之论，但当时的我并不是将其作为语言，而是作为一团薄雾样的东西来用整个身心感受的。无论在镇纸中，还是在桌球台上排列的红白四个球体里，都存在着死，并且我们每个人都在活着的同时像吸入细小灰尘似的将其吸入肺中。

在此之前，我是将死作为完全游离于生之外的独立存在来把握的，就是说："死迟早会将我们俘获在手。但反言之，在死俘获我们之前，我们并未被死俘获。"在我看来，这种想法是天经地义、无懈可击的。生在此侧，死在彼端。

然而，以朋友死去那个晚间为界，我再也不能如此单纯地把握死（或生）了。死不是生的对立面。死本来就已经包含在"我"这一存在之中。我们无论怎样力图丢掉它都归于徒劳，这点便是实证。因为在十七岁那年五月一个夜晚俘获了朋友的死，同时也俘获

| 萤 |

了我。

我清楚地认识到了这一点,并在认识到的同时,下决心不再去深刻地想它。但这是勉为其难的,因为我才十八岁,还太年轻,不可能找到事物的折衷点。

*

那以后我和她每月幽会一两次。我想大概还是称为幽会好,此外我想不出确切字眼。

她在东京郊外的一所女子大学就读。那是一个小而整洁的学校。从她住的公寓到学校,走路去也花不上十分钟,路旁有一条清冽的人工渠流过,我俩时常在那一带往来散步,直子看起来也几乎没什么朋友。她依旧只有只言片语。而我也没有特别要说的话,便同样不怎么开口。每次见面后,便只管无休无止地走路。

不过,我同直子的关系也并非毫无进展。暑假临结束时,直子便十分自然地走在我身旁了。我们两人并肩而行,下坡、过桥、穿横路,只管走个没完。既无明确的去向,又无既定的目的。大致走上一阵子,便进饮食店喝杯咖啡,喝罢咖啡又继续开拔。只有季节如同转换的幻灯片一般依序更迭。秋日降临，寄宿院内铺满了榉树落叶。换上毛衣，顿时感到新季节的气息。我穿坏了一双皮鞋，新买了双仿麂皮鞋。

当秋日过去，冷风吹过街头的时节，她开始不时地依在我的胳膊上。透过粗花呢厚厚的质地，我可以感觉到直子的呼吸。我双手插进大衣兜，一如往常地走动不止。我和直子穿的都是胶底鞋，几乎听不见两人的脚步声。只有踩到路面落下的硕大的法国梧桐叶的时候，才发出干燥的声响。她所希求的并非我的臂，而是**某人**的臂，她所希求的并非我的体温，而是**某人**的体温。至少我是这样觉得的。

她的眼睛似乎比以前更加透明了。那是一种无任何止境的透明。直子时常目不转睛地注视我的眼睛，而那并无任何缘由。每当这时，我便产生一种悲戚的心情。

宿舍楼的同伴，每当直子打来电话，或我在周日早上出门时，总少不了奚落我一番。说理所当然也属理所当然，大家都确信我有个恋人。这既无法解释，又无须解释，我便听之任之。晚间回来

| 萤 |

时，必定有人问起如何性交的云云，我便信口敷衍两句。

这么着，我从十八岁进入了十九岁。太阳出来落去，国旗升起降下。每当周日来临，便去同死去的朋友的恋人幽会。若问自己现在所做何事，将来欲有何为，我都如坠云雾。大学课堂上，读克洛岱尔，读拉辛，读爱森斯坦，但我只是觉得他们是舞文高手，如此而已。班里边，我没结交一个朋友，宿舍里的交往也是不咸不淡的。宿舍那伙人见我总是一个人看书，便认定我想当作家。其实我并不特别想当作家，什么都不想当。

我几次想把这种心情告诉直子，我隐约觉得她倒能够某种程度地正确理解我的所思所想，但是找不到用来表达的字眼。每当我斟酌词句时，便跌进了深不可测的黑渊之中。

一到周末晚间，我就坐在有电话的门厅椅子上，等待直子打来。电话有时两周连续打来，也有时一连三周杳无音信。因此每个周六我都在门厅的椅子上等她的电话。周六晚上，大家差不多都外出游玩了，门厅里比平日要多少**寂静**一些。我一边注视着沉默的空间里闪闪浮动的光粒子，一边力图确定心的坐标。我是在某人身上追求什么，这点毫无疑问，然而再远一点的事我却无从知晓。我向前探出手去，但指尖前只有空气那无形的墙壁。

*

冬天，我在新宿一家小唱片店找了一份零工，报酬并不很多，但工作轻松，一周值三个晚班即可，时间上正合适，而且还可低价买唱片。圣诞节的时候，我为直子买了一盘她最喜欢的亨利·曼西尼（Henry Mancini）的收有《宝贝儿》（Dear Heart）的唱片。我自己包装好，并用红绸带打了礼品结。直子送我一副她亲手织的毛线手套，大拇指部分不够长，但暖和还是暖和的。

寒假期间直子没有回家。正月里我便在直子公寓里搭伙。

这年冬天发生了不少事。

一月底，我那位室友发烧近四十度，两天卧床不起，我同直子的约会也因此告吹。眼见他一副垂死挣扎的受难架势，我总不能把他扔下不管，而且除了我也找不到肯照料他的人。我买来冰块，用好几个塑料袋套在一起做成冰袋，拿冷毛巾给他擦汗，每隔一小时量次体温。高烧整整一天未退，但第二天清早他竟突然"咕噜"一

| 萤 |

声翻身下床,体温降到三十六度二。

"奇怪啊,"他说,"这以前我从来没发过什么烧!"

"可到底发烧了嘛!"我说着,并把两张因其发烧而作废的音乐会招待票掏给他看。

"好在是招待票。"他说。

二月间下了几场雪。

二月末,因鸡毛蒜皮的小事和同住一个楼层的高年级生吵了一架,打了他一顿,把他的头往水泥墙上撞。我被管理主任叫去训了几句。从此以后,便总觉得宿舍生活有些怏怏不快起来。

我年已十九,不久上了二年级。我丢了几个学分,成绩大半是C或D,B没有几个。直子却一个学分不少地升入二年级。季节转了一轮。

时值六月,直子满二十岁,对直子的二十岁,我竟有些不可思议。我也好直子也好,总以为应该还是在十八与十九之间徘徊才是。十八之后是十九,十九之前是十八——如此固然明白。但她终究二十岁了,转年冬天我也将二十岁,唯独死者永远十七。

| 萤 |

直子的生日是个雨天，我在新宿买了盒蛋糕，乘电车赶往她的公寓。电车里人很挤，又摇晃得厉害，结果赶到直子房间时，蛋糕已经分崩离析，活活成了古罗马的圆形剧场，但我们还是竖起准备好的二十支小小的蜡烛，划火柴点燃，拉合窗帘，熄掉电灯，总算有了生日气氛。直子开了瓶葡萄酒，我们吃了点蛋糕，饭吃得很简单。

"我也二十岁了，有点像开玩笑似的。"直子说。

吃完饭，两人收拾好碗筷，坐在地板上边听音乐边喝剩下的葡萄酒。我喝一杯的工夫里，她喝了两杯。

直子这天出奇的健谈。小时候的事、学校的事、家里的事，无不讲得十分之长，且异常详细。窗外雨下个不止，时间缓缓流逝，直子一个人絮絮不休。

但时针指到十一点时，我到底有点沉不住气了。直子已经滔滔不绝地说了四个多小时。末班电车也快到收车时间了。我不知怎么办才好，既想让她尽情说个痛快，又觉得还是找个机会打断为好。我犹豫了一会儿，决定还是截住她的话。无论如何，她说得过多了。

| 萤 |

"打扰太晚了也不好,我该回去了。"我说,"过两天再来看你。"

但我的话似乎没传进直子的耳朵,或者即使传进了,其含义也未被理解。她只是一瞬间闭了闭嘴,旋即又继续说下去。我只好打消原来的念头,熄掉了烟。事已如此,看来最好由她讲个痛快,下面的事只能听之任之了。

然而直子的话没再持续很久。蓦地觉察到时,话已戛然而止。中断的话茬儿,像被拧掉的什么物件浮在空中。准确说来,她的话并非结束,而是突然消失到什么地方去了。本来她还想努力接着说下去,但话已无影无踪,是被破坏掉了。她的双眼雾蒙蒙的,宛如蒙上了一层不透明的薄膜。我觉得自己似乎做了一件十分糟糕的事。

"不是想打断你,"我一字一顿地说,"只是时间晚了,再说……"

她眼里涌出泪珠,顺着脸颊快速滴在唱片套上,发出声响。泪珠一旦涌出便一发不可遏止。她两手拄着地板,呕吐般地哭了起来。我轻轻伸出手,抚摸她的肩膀。肩膀急剧地颤抖不止。随后,我几乎下意识地搂过她的身体,她在我怀中闷声哭泣,泪水和呼出的热气弄湿了我的衬衣。直子的十指在我背上摸来摸去,仿佛在搜寻什么。我左手支撑直子的身体,右手抚摸着她直而柔软的秀发,如此长久地等待直子止住哭泣。然而她哭个不停。

*

这天夜里,我同直子睡了。我不知道这样做是否正确。不过除此以外,又能有什么办法呢?

我有很久没同女孩睡了。而她则是初次。我问她为什么没和他睡过,其实是不该问的。直子什么也没回答,把手从我身上松开,背对着我,望着窗外的雨帘。我盯着天花板吸烟。

早上,雨早已停了。直子背对我躺着,说不定昨晚她彻夜未眠。不过对于我,反正都是一回事。与一年前相同的沉默已完全降服了她。我许久地看着她白皙的肩头,无可奈何地爬起身来。

地板和昨晚一个样,桌上剩有一半变形的生日蛋糕,就好像时间在这里突然停止了似的。书桌上放着辞典和法语动词表,桌前墙壁上贴着年历。那是一张既无摄影又无绘画的年历,只有数字,一

| 萤 |

片洁白,没写字,也没有记号。

我拉过落在地板上的衣服,穿在身上。衬衣胸口仍然湿冷冷的,凑近脸一闻,漾出了直子的气味。我在书桌的便笺上写道:希望早些打电话给我。然后走出房间,悄悄带上门。

过了一个星期,电话也没有打来,直子住的公寓里又不给传呼电话,我便写了一封长信。信上我坦率地写了自己的感受,内容是这样的:很多事我还不甚明白,尽管我在尽力而为,但恐怕还需一段时间。至于这段时间过后自己将在何处,现在的我完全心中无数。但我尽可能不把事物想得过于深刻。如若深刻地追究下去,势必发现这个世界的变幻莫测,以致在结果上将一己之见强加给周围的人。而我绝不想强加于人。我十分渴望见你,但正像以前说过的一样,我并不知道这是否正确。

七月初,接到直子的信。是封短信。

我已决定暂且休学一年。虽说暂且,但重返大学的可能性

| 萤 |

是微乎其微的,休学只是履行手续,公寓明天退掉。你也许觉得事出突然,但这是我长期以来考虑的结果。有好几次我想跟你谈起,但终于未能开口。我非常害怕把它说出口来。

很多事都请你不要介意。即使发生了什么,或者没发生什么,我想结局恐怕都是这样的,也许这种说法有伤你的感情。果真如此,我向你道歉。我想要说的,是希望你不要因为我而自己责备自己,这确确实实是应该由我自己来主动承担的。一年多来我一再拖延,觉得给你添了很大麻烦,或许,这已是最后极限。听说京都一座山中有一家不错的疗养所,我打算前去住一段时间。那不是医院,而是自由得多的疗养机构。详情下次再写。现在还写不好,这封信我已反复写了十多次。你在我身边陪伴了一年时间,对此我怀有一种难以言喻的感激之情,这点无论如何请你相信。此外我再不能对你多说什么。我一直在听你给的唱片,我很珍惜它。

如果我们能再一次在这个变幻莫测的世界上相见,我想那时候我们大概就可以畅所欲言了。

再见。

|萤|

这封信我读了几百遍,每次读都觉得不胜悲哀。那正是被直子盯视眼睛时所感到的那种无可奈何的悲哀。这种无可名状的心绪,我既不能将其排遣于外,又不能将其深藏于内。它像掠身而去的阵风一样没有轮廓,没有重量,我甚至连把它裹在身上都不可能。风景从我眼前缓缓通过,它的语言却未能传入我的耳底。

每到周六晚上,我依旧坐在门厅的椅子上消磨时间,不可能有电话来,但此外又不知干什么好。我常常打开电视机的棒球转播节目,似看非看地看着,我把横亘在我与电视机之间空漠的空间切为两半,又进而把被业已切开的空间一分为二,如此不断反复,直至最后切成巴掌大小。

十点一到,我便关掉电视,返回房间,倒头便睡。

*

月底,我的室友送了我一只萤火虫。

萤火虫装在速溶咖啡的空瓶里,里边放了些许草叶和水,瓶盖钻了几个细小的气孔。因为四周天光还亮,看上去不过是个平庸无奇的水边小黑虫而已。不过的确是萤火虫。那萤火虫企图爬上光溜溜的瓶壁，但每次都滑落下来。我已有很久没这么真切地看过萤火虫了。

"在院子里来着。附近那家宾馆为了招徕顾客，一到夏天就放萤火虫吧？从那边飞过来的。"他边说边往大旅行箱里塞进衣服书本等物。暑假已经过去几周时间了，留守宿舍的只有我们这样的人。我不大乐意回老家，他因为有实习任务。现在实习已经结束，他正准备回家。

"可以送给女孩子，她肯定高兴。"他说。

"谢谢。"

日落天黑，寄宿院里十分**寂静**。食堂窗口亮起了灯光。由于学生人数减少，食堂的灯一般只亮一半。左半边是黑的，只有右半边亮，但还是微微荡漾着晚饭的味道，是奶油加热后的气味儿。

我拿起装有萤火虫的速溶咖啡瓶，爬上楼顶天台。天台上空无人影，不知是谁忘收的白衬衣搭在晾衣绳上，活像一个什么空壳似的在晚风中摇来荡去。我顺着平台一角的铁梯爬上供水塔，圆筒形的供水塔白天吸足了热量，暖烘烘的。我在狭窄的空间里弯腰坐

| 萤 |

下，背靠栏杆。略微残缺的一轮苍白的月亮浮现在眼前，右侧可以望见新宿的街景，左侧则是池袋的夜光。汽车头灯连成闪闪的光河，沿着大街往来川流不息。各色音响交汇成的柔弱的声波，宛如云层一般轻笼着街市的上空。

萤火虫在瓶底微微发光，它的光过于微弱，颜色过于浅淡了。在我的记忆中，萤火虫应该而且必须是在夏日夜幕中曳着鲜明璀璨得多的流光。

或许，萤火虫已经衰弱得奄奄一息。我提着瓶口轻轻晃了晃，萤火虫把身子扑在瓶壁上，有气无力地扑棱了一下，但它的光依然那么若隐若现。

大概是我的记忆有误吧。或许萤光实际并不那么鲜明，而只是我固执的一己之见亦未可知。也可能是当时我周围的夜色太黑的缘故，我已不能很好地回忆出来了，就连最后一次看见萤火虫是什么时候也无从记起。

我所能记起的唯有暗夜中河水的流声，以及砖砌的旧式水闸。那是一座要一上一下摇动手柄来启闭的水闸。河并不大，水流不旺，岸边水草几乎覆盖了整个河面。四周一团漆黑，水闸的**积水潭**

上方，交织着多达数百只的萤火虫。那黄色的光团宛如燃烧中的火星一样辉映着水面。这情景发生在什么时候呢？到底在什么地方呢？我记不清楚。

时至今日，很多往事已前后颠倒，杂乱无章。

我合上眼帘，深深吸了几口气，想使心绪镇静下来。恍惚之中，我觉得自己的身体即将消融于夏夜的冥色。想来，天黑后来爬供水塔还是第一次。风声要比平时更清晰地传来耳畔。尽管风并不大，从我身旁掠过时却留下了鲜明得不可思议的轨迹。夜幕从容而缓慢地遮蔽了地面。无论都市的灯光如何炫耀其本身的存在，夜幕照样不客气地扩充着自己的领地。

我打开瓶盖，拈出萤火虫，放在大约向外侧探出三厘米的供水塔边缘上。萤火虫仿佛还没认清自己的处境，一摇一晃地绕着螺栓转了一周，停在疤痕一样凸起的漆皮上，接着向右爬了一会，确认再也走不通后，又拐回左边，继而花了不少的时间爬上螺栓顶，僵僵地蹲在那里，此后便木然不动，像断气了一样。

我凭依栏杆，细看那萤火虫。我和萤火虫双方都长久地一动未动，只有夜风如溪流一般从我们之间流过。榉树在黑暗中摩擦着无

| 萤 |

数叶片,簌簌作响。

我久久、久久地等待着。

过了很长很长时间,萤火虫才起身飞去。它忽有所悟似的,蓦然张开双翅,旋即穿过栏杆,淡淡的萤光在黑暗中滑行开来。它绕着水塔飞快地曳着光环,似乎要挽回失去的时光。为了等待风力的缓和,它又稍停了一会儿,然后向东飞去。

萤火虫消失之后,那光的轨迹仍久久地印在我的脑际。那微弱浅淡的光点,仿佛迷失去向的魂灵,在漆黑厚重的夜幕中往来彷徨。

我几次朝夜幕中伸出手去,指尖毫无所触,那小小的光点总是同指尖保持着一点不可触及的距离。

烧仓房

三年前,我和她在一个熟人的婚礼上相遇,要好起来。年纪我和她几乎相差一轮,她二十,我三十一。但这不算什么大问题,当时我伤脑筋的事除此之外多的是。老实说,也没工夫一一考虑什么年龄之类。她一开始就压根儿没把年龄放在心上。我已结婚,这也不在话下。什么年龄、家庭、收入,在她看来,都和脚的尺寸声音的高低指甲的形状一样,纯属先天产物,总之,不是加以考虑便能有对策那种性质的东西。

她一边跟一位有名的**某某**老师学哑剧,一边为了生计当广告模特。不过她因为嫌麻烦,时常把代理人交代的工作一推了之,所以收入实在微乎其微。不足部分似乎主要靠几个男友的好意接济,当然具体情况我不清楚,只是根据她的语气猜想大概如此。

话虽这么说，可我并非暗示她为了钱而同男人睡觉什么的。偶尔或许有类似情况。即使真有，也不是本质性问题。本质上恐怕单纯得多，也正是这种无遮无掩不拘一格的单纯吸引了某一类型的人，在她的单纯面前，他们不由自主地想把自己心中盘根错节的感情投放到她身上去。解释固然解释不好，总之我想是这么回事。依她的说法，她是在这种单纯的支撑下生活的。

　　当然，如此效用不可能永远持续下去。这同"剥橘皮"是同一道理。

　　就讲一下"剥橘皮"好了。

　　最初认识她时，她告诉我她在学哑剧。

　　我"哦"了一声，没怎么吃惊。最近的女孩都在搞什么名堂，而且看上去她也不像是一心一意磨炼自己才能的那种类型。

　　随后她开始"剥橘皮"。如字面所示，"剥橘皮"就是剥橘子的皮。她左边有个小山般满满装着橘子的玻璃盆，右边有个装橘皮的盆——这是假设，其实什么也没有。她拿起一个想象中的橘子，慢慢剥皮，一瓣一瓣放入口中把**渣**吐出。吃罢一个，把**渣**归拢到一起用橘皮包好放入右边的盆。如此反复不止。用语言说来，自然算不

| 萤 |

了什么事。然而实际在眼前看十分二十分钟——我和她在酒吧高台前闲聊的时间里她一直边说边几乎下意识地如此"剥橘皮"——我渐渐觉得现实感从自己周围被吮吸掉了。这实在是一种莫名其妙的心情。过去艾希曼[1]被送上以色列法庭时,有人建议最合适的刑法是将其关进密封室后一点点将空气抽去。究竟他遭遇怎样的死法我不清楚,只是蓦然记起有这么回事。

"你好像蛮有才能嘛。"我说。

"哎哟,这还不简单,哪里谈得上才能!总之不是以为这里**有**橘子,而只要忘掉这里**没**橘子就行了嘛,非常简单。"

"简直是谈禅。"

我因此中意了她。

我和她也不是常常见面。一般每月一回,顶多两回。我打电话给她,约她出去玩。我们一起吃饭,或去酒吧喝酒,很起劲地说话。我听她说,她听我说。尽管两人之间几乎不存在共同话题,但

---

[1] Karl Adolf Eichmann(1906—1962),纳粹党卫军中校,作为二战中屠杀犹太人的主要罪犯,在阿根廷被以色列秘密警察逮捕,在耶路撒冷被判处死刑。

这无所谓。可以说，我们已经算是朋友了。吃喝钱当然全由我付。有时她也打电话给我，基本上是她没钱饿肚子的时候。那时她的确吃了很多，多得叫人难以置信。

和她在一起，我得以彻底放松下来。什么不情愿干的工作啦，什么弄不出头绪的鸡毛蒜皮小事啦，什么莫名其妙之人的莫名其妙的思想啦，得以统统忘去脑后。她像是有这么一种本事。她所说的话没有什么正正经经的含义，有时我甚至只是哼哈作答而几乎没听，而每当侧耳倾听，便仿佛在望远方的流云，有一股悠悠然的温馨。

我也跟她说了不少。从私人事情到泛泛之论，都可以畅所欲言。或许她也可能同我一样半听不听而仅仅随口附和，果真如此我也不在乎，我希求的是某种心绪，至少不是理解和同情。

我说了许多，但没说一句要紧话。也没什么该说的。

实情就是这样。

也没什么该说的。

两年前的春天她父亲患心脏病死了，一笔多少凑成整数的现金归了她所有,至少据她说来是这样。她说想用这笔钱去北非一段时间。何苦去北非我不清楚,正好我认识一个在阿尔及利亚驻京使馆工作的女孩,遂介绍给了她,于是她去了阿尔及利亚。也是因势之所趋,我到机场送她。她只拎着一个塞有替换衣服的寒伧的旅行包,从外表看去,觉得她与其说去北非,莫如说是回北非。

"真的返回日本?"我开玩笑问道。

"当然返回呀!"她说。

三个月后她返回日本,比走时还瘦了三公斤,晒得黑漆漆的,并领回一个新恋人,说两人是在阿尔及尔一家餐馆相识的。阿尔及利亚日本人不多,两人很快亲密起来,不久成了恋人。据我所知,此人是她第一个较为正规的恋人。

他二十七八岁,高个子,衣着得体,说话斯斯文文。表情虽不够丰富,但长相基本算是漂亮的那类,给人的感觉也不坏。手大,手指很长。

之所以了解得这么详细,是因为我去机场接两人来着。突然有电报从贝鲁特打来,上面只有日期和飞机航班,意思像是要我接机。飞机一落地——其实由于天气不好飞机误点四小时之久,我在

| 烧仓房 |

咖啡屋看了四本周刊——两人便手挽手从舱门走出,俨然一对和和美美的小夫妻。她将男方介绍给我,我们几乎条件反射地握手。一如在外国长期生活之人,他握得很有力。之后我们走进餐馆,她说她横竖得吃盖浇饭,我和他喝啤酒。

他说他在搞贸易,什么贸易却没说。至于是不大喜欢谈自己的工作,还是怕谈起来只能使我无聊故而客气不谈,情由我不得而知。不过老实说,对于贸易我也不是很想听,就没特意打听。由于没什么好谈的,他讲起了贝鲁特的治安情况和突尼斯的上水道,看来他对从北非到中东的局势相当熟悉。

吃罢盖浇饭,她大大打个哈欠,说困了,样子简直像当场就能睡着似的。忘说了,她的毛病就是不管什么场所都犯困。他提出用出租车送我回家,我说电车快,自己坐电车回去好了。搞不清自己是为什么特意来的机场。

"能见到你真高兴。"他怀有歉意似的对我说。

"幸会幸会。"我答道。

其后同他见了几次。每当我在哪里邂逅相遇,旁边肯定有他。我和她约会，他甚至开车把她送到约会地点。他开一辆通体闪光的银色德国跑车，对车我几乎一无所知，具体无法介绍，只觉得很像费德里科·费里尼黑白电影中的车，不是普通工薪人员所能拥有的。

"肯定钱多得不得了。"一次我试探她。

"是的。"她不大感兴趣似的说，"肯定是的。"

"搞贸易能赚那么多？"

"搞贸易？"

"他那么说的，说是搞贸易的。"

"那么就是那样的吧。不过……我可不太清楚的。因为看上去他也不像怎么做事的样子，总是见人，打电话。"

这简直成了菲茨杰拉德的《了不起的盖茨比》，我想。做什么不知道，反正就是有钱，谜一样的小伙子。

*

十月间一个周日下午，她打来电话。妻一清早就去亲戚家了，只我自己在家。那是个天气晴好的惬意的周日，我边看院里的樟树边吃苹果。仅那一天我就吃了七个苹果。我不时有这种情况，想吃

| 烧仓房 |

苹果想得发疯，也许是一种什么预兆。

"就在离你家不远的地方，两个人马上去你那里玩好么？"她说。

"两个人？"我反问。

"我和他呀。"

"可以，当然可以。"我回答。

"那好，三十分钟后到。"言毕，她挂断电话。

我在沙发上发了一会呆，然后去浴室冲淋浴刮胡子，擦干身体，同时抠了抠耳朵。也想过是不是该拾掇一下房间，终归还是作罢。因为统统拾掇妥当时间不够用，而若不能统统拾掇妥当就莫如干脆不动为好。房间里，书籍杂志信件唱片铅笔毛衣到处扔得乱七八糟，但并不觉得怎么不干净。刚结束了一件工作，没心思做什么。我坐在沙发上，又看着樟树吃了个苹果。

两点多时两人来了。房子前传来跑车的刹车声，出门一看，见那辆有印象的银色跑车停在路上，她从车窗里探出脸招手。我把车领到后院停车位那里。

"来了。"她笑吟吟地说。她穿一件薄得足以清楚勾勒出乳头形状的短衫,下面一条橄榄绿超短裙。

他穿一件藏青色西装夹克,觉得与以前见面时印象多少有所不同——至少是因为他长出了两天左右的胡须。虽说没刮胡须,但在他全然没有邋遢感,不过阴翳约略变浓一点罢了。下了车,他马上摘下太阳镜,塞进胸袋。

"在您休息时突然打扰,实在抱歉。"他说。

"哪里,无所谓。每天都算休息,再说正一个人闲得无聊呢。"我应道。

"饭食带来了。"说着,他从车座后面拿出一个大白纸袋。

"饭食?"

"也没什么东西,只是觉得星期天突然来访,还是带点吃的合适。"他说。

"那太谢谢了。从早上起就光吃苹果。"

进了门,我们把食物摊在桌子上。东西相当可观:烤牛肉三明治、色拉、烟熏三文鱼、蓝莓冰淇淋,而且量也足够。她把东西移往盘子的时间里,我从冰箱里取出白葡萄酒,拔出软塞。俨然小型

| 烧仓房 |

宴会。

"好了。好吧,肚子饿坏了。"依旧饥肠辘辘的她说。

我们嚼三明治,吃色拉,抓烟熏三文鱼。葡萄酒喝光后,又从冰箱里拿啤酒来喝。我家的冰箱唯独啤酒总是塞得满满的。一个朋友开一家小公司,应酬用的啤酒券剩下来就低价分给我。

他怎么喝脸都毫不改色,我也算是相当能喝啤酒的。她也陪着喝了几罐。结果不到一小时二十四个空啤酒罐就摆满了桌面。喝得相当可以。她从唱片架上挑出几张唱片,放在自动转换唱片的唱机上。迈尔斯·戴维斯(Miles Davis)的《空气精灵》(Airegin)传到耳畔。

"自动转换唱片的唱机——你还真有近来少见的东西。"他说。

我解释说自己是自动换片唱机迷,告诉他物色好的这类唱机相当不易。他彬彬有礼地听着,边听边附和。

谈了一会唱机后,他沉默片刻,然后说:"有大麻叶,不吸点儿?"

我有点犹豫。因为一个月前我刚戒烟,正是微妙时期,我不清楚这时吸印度大麻对戒烟有怎样的作用，但终归还是决定吸了。他从纸袋底部掏出包在锡纸里的黑烟叶，放在卷烟纸上迅速卷起，**边角**那儿用舌头舔了舔，随即用打火机点燃，深深吸几口确认火已点好后转给我。印度大麻质量实在是好。好半天我们一声不响，一人一口轮流吸着。迈尔斯·戴维斯终了，换上约翰·施特劳斯的圆舞曲集。搭配莫名其妙，不过不坏。

吸罢一支，她说困了。原本睡眠不足，又喝了三罐啤酒吸了大麻的缘故，她确实说困就困。我把她领上二楼，让她在床上躺下。她说想借T恤，我把T恤递给她。她三两下脱去衣服只剩内衣，从头顶一下子套进T恤躺下。我问冷不冷时，她已经"咝咝"睡了过去。我摇头下楼。

客厅里，她的恋人已卷好第二支大麻。小子真是厉害。说起来我也很想钻到她旁边猛猛睡上一觉，却又不能。我们吸第二支大麻，约翰·施特劳斯的圆舞曲仍在继续。不知为何，我竟想起小学文艺汇演时的戏剧来。我演的是手套店里的老伯，小狐狸来店找老伯买手套，但小狐狸带来的钱不够。

"那可不够买手套噢。"我说。角色有点不地道。

| 烧仓房 |

"可我妈妈冷得不得了,都红红的冻裂了。求求您了。"小狐狸说。

"不成,不行啊,攒够钱再来。那样……"

"……时常烧仓房。"他说。

"对不起?"我正有点心不在焉,以为自己听错了。

"时常烧仓房。"他重复道。

我看着他。他用指尖摩挲着打火机的花纹,尔后将大麻狠狠吸入肺里憋十秒钟,再徐徐吐出。烟圈宛如 ectoplasm[1] 从他口中飘散出来。他把大麻转递给我。

"**东西**很不错吧?"他问。

我点点头。

"从印度带来的,只选特别好的。吸这玩意儿,会莫名其妙地想起好些事来,而且都是光和气味方面的。记忆的质……"说到这里,他悠悠地停了一会,寻找确切字眼似的轻打了几个响指,"好像整个变了。你不这么认为?"

"那么认为。"我说。我也恰好想起文艺汇演时舞台的嘈杂和

---

[1] 意为"心灵体",据说是灵媒在降神时释放出的一种物质。

做背景用的厚纸板上涂的颜料味儿。

"想听你讲讲仓房。"我说。

他看了我一眼,脸上依然是没有堪称表情的表情。

"可以讲么?"他问。

"当然。"

"其实很简单。浇上汽油,扔上擦燃的火柴,看它忽地起火——这就完事了。烧完十五分钟都花不上。"

"那么,"我竟就此缄口。下一个词找不好。"干嘛烧仓房呢?"

"反常?"

"不明白。你烧仓房,我不烧仓房,可以说这里有显而易见的差别。作为我,较之是否反常,更想弄清这差别是怎么个东西。再说,仓房是你先说出口的。"

"是啊,"他说,"的确如你所说。对了,可有拉维·香卡(Ravi Shankar)的唱片?"

没有,我说。

他愣了一会。其意识仿佛拉不断扯不开的橡皮泥。抑或拉不断扯不开是我的意识也未可知。

"大约两个月烧一处仓房。"他说,继而打个响指,"我觉得这个进度最合适不过。当然我指的是对我来说。"

我不置可否地点下头。进度?

"烧自家仓房不成?"我问。

他以费解的眼神看着我的脸。"我何苦非烧自家仓房不可呢?你为什么以为我会有几处仓房?"

"那么就是说,"我说,"是烧别人的仓房喽?"

"是的,"他应道,"当然是的,别人的仓房。所以一句话,这是犯罪行为。如你我在这里吸大麻,同属犯罪行为。"

我臂肘拄在椅子扶手上不作声。

"就是说,我是擅自放火烧别人所有的仓房。当然选择不至发展成严重火灾的来烧,毕竟我并非存心捅出一场火灾。作为我,仅仅是想烧仓房。"

我点下头,碾死吸短的大麻。"可一旦给逮住就是问题哟。到底是放火,弄不好可能吃官司的。"

"哪里逮得住!"他很自若地说,"泼上汽油,擦燃火柴,转身就跑，从远处用望远镜慢慢观赏。根本逮不住。何况烧的不过是小得不成样子的仓房，警察不会那么轻易出动。"

其言或许不差，我想。再说，任何人都不至于想到如此衣冠楚楚的开外国车的小伙子会到处烧人家的仓房。

"这事她可知道？"我指着二楼问。

"一无所知。说实话，这事除了你，没对任何人讲过。毕竟不是可以对谁都讲的那类事。"

"为什么讲给我听呢？"

他笔直地伸出左手指蹭了蹭自己的脸颊，发出长出的胡须沙沙作响那种干涩的声音，如小虫子爬在绷得紧紧的薄纸片上。"你是写小说的，可能对人的行动模式之类怀有兴趣，我想。我还猜想小说家那种人在对某一事物做出判断之前能够先原封不动地加以赏玩。如果**赏玩**措词不合适，说全盘接受也未尝不可。所以讲给你听。也很想讲的，作为我。"

我点点头。但坦率地说，我还真不晓得如何算是全盘接受。

"这么说也许奇怪，"他在我面前摊开双手，又慢慢合在一起，"我觉得世上好像有很多很多仓房，都在等我点火去烧。海边孤

| 烧仓房 |

零零的仓房，田地中间的仓房……反正各种各样的仓房。只消十五分钟就烧得一干二净，简直像压根儿不存在那玩意儿。谁都不伤心。只是——消失而已，**忽地**。"

"但仓房是不是已没用，该由你判断吧？"

"我不做什么判断。那东西**等**人去烧，我只是接受下来罢了。明白？仅仅是接受那里存在的东西，和下雨一样。下雨，河水上涨，有什么被冲跑——雨难道做什么判断？跟你说，我并非专门想干有违道德的事，我也是拥护道德规范的，那对人的存在乃是非常重要的力量。没有道德规范，人就无法存在，而我觉得所谓道德规范，恐怕指的是同时存在的一种**均衡**。"

"同时存在？"

"就是说，我在这里，又在那里。我在东京，同时又在突尼斯。予以谴责的是我，加以宽恕的是我。打比方就是这样，就是有这么一种**均衡**。如果没有这种**均衡**，我想我们就没办法生存下去。这也就像是一个金属卡似的，没有它我们就会散架，彻底七零八落，正因为有它，我们的同时存在才成为可能。"

"那就是说，你烧仓房属于符合道德规范的行为喽？"

"准确说来不然,而是维护道德规范的行为。不过,道德规范最好还是忘掉,在这里它不是本质性的。我想说的是:世界上有许许多多那样的仓房。我有我的仓房,你有你的仓房,不骗你。世界上大致所有地方我都去了,所有事都经历了,好几次差点儿没命,非我自吹自擂。不过算了,不说了。平时我不怎么开口,可一喝酒就喋喋不休。"

我们像要驱暑降温似的,就那样一动不动沉默良久。我不知说什么好,感觉上就好像坐在列车上观望窗外连连出现又连连消失的奇妙风景。身体松弛,把握不准细部动作,但可以作为观念真切地感觉出我身体的存在。的确未尝不可以称之为同时存在。一个我在思考,一个我在凝视思考的我。时间极为精确地刻录着多重节奏。

"喝啤酒?"稍顷,我问。

"谢谢,那就不客气了。"

我从厨房拿来四罐啤酒,卡蒙贝尔奶酪(Camembert Cheese)也一起拿来。我们各喝两罐啤酒,吃着干酪。

"上次烧仓房是什么时候?"我试着问。

"这个嘛,"他轻轻握着空啤酒罐略一沉吟,"夏天,八

| 烧仓房 |

月末。"

"下次什么时候烧呢?"

"不知道,又不是排了日程表往月历上做记号等着。心血来潮就去烧。"

"可并不是想烧的时候就正好有合适的仓房吧?"

"那当然。"他沉静地说,"所以,要事先选好适合烧的才行。"

"做库存记录喽?"

"是那么回事。"

"再问一点好么?"

"请。"

"下次烧的仓房已经定了?"

他眉间聚起皱纹,然后鼻孔"哧"一声深吸一口气。"是啊,已经定了。"

我再没说什么,一小口一小口地啜着剩下的啤酒。

"那仓房好得很,好久没碰上那么值得烧的仓房了。其实今天也是来做事先调查的。"

"那就是说离这儿不远喽？"

"就在附近。"他说。

于是仓房谈到此为止。

五点，他叫起恋人，就突然来访表示歉意。虽然啤酒喝得相当够量，脸色却丝毫没变。他从后院开出跑车。

"仓房的事当心点！"分手时我说。

"是啊。"他说，"反正就这附近。"

"仓房？什么仓房？"她问。

"男人间的话。"他说。

"得得。"她道。

随即两人消失。

我返回客厅，倒在沙发上。茶几上所有东西都零乱不堪。我拾起掉地的粗呢外套（Duffel Coat），蒙在头上沉沉睡了过去。

醒来时房间一片漆黑。

七点。

蓝幽幽的夜色和大麻呛人的烟味壅蔽着房间。夜色黑得很不均匀，不均匀得出奇。我倒在沙发上不动，试图接着回想文艺汇演时

| 烧仓房 |

的那场戏,却已记不真切。小狐狸莫非把手套弄到手了?

我从沙发上站起身,开窗调换房间里的空气,之后去厨房煮咖啡喝了。

*

翌日,我去书店买了一本我所在街区的地图回来。两万分之一的白色地图,连小道都标在上面。我手拿地图在我家周围一带绕来转去,用铅笔往有仓房的位置打×。三天走了方圆四公里,无一遗漏。我家位于郊区,四周还有很多农舍,所以仓房也不在少数:一共十六处。

他要烧的仓房必是其中一处。根据他说"就在附近"时的语气,我坚信不至于离我家远出多少。

我对十六处仓房的现状仔细查看了一遍。首先把离住宅太近或紧挨塑料棚的除外,其次把里边堆放农具以至农药等物,尚可充分利用的也去掉,因我想他绝不至于烧什么农具农药。

结果只剩五处,五处该烧的仓房,或者说五处烧也无妨的仓房——十五分钟即可烧垮且烧垮也无人为之遗憾的仓房。至于他要烧其中哪一处我则难以确定，因为再往下只是喜好问题，但作为我仍极想知道五处之中他选何处。

我摊开地图，留下五处仓房，其余的把×号擦掉。准备好直角规、曲线规和分线规，出门绕着五处仓房转了一圈，设定折身回家的最短路线。道路爬坡沿河，曲曲弯弯，因此这项作业颇费工夫。最后测定路线距离为七点二公里。反复测量了几次，可以说几乎没有误差。

翌晨六时，我穿上运动服，登上慢跑鞋，沿此路线跑去。反正每天早晨都跑六公里，增加一公里也没什么痛苦。风景不坏。虽说途中有两个铁路道口，但很少停下等车。

出门首先绕着附近的大学操场兜了一圈，接着沿河边没人走动的土路跑三公里。途中遇到第一处仓房。然后穿过树林，爬徐缓的坡路。又遇到一处仓房。稍往前有一座赛马用的马厩，马看见火也许多少会嘶闹，但如此而已，别无实际损害。

第三处仓房和第四处仓房酷似又老又丑的双胞胎，相距也不过二百米，哪个都那么陈旧那么污秽，甚至叫人觉得要烧索性一起烧掉算了。

| 烧仓房 |

最后一处仓房在铁道口旁边，位于六公里处，已完全弃置不用，朝铁路那边钉着一块百事可乐白铁皮招牌。建筑物——我不知能否称其为建筑物——几乎已开始解体。的确如他所说，看上去果真像在静等谁来点上一把火。

我在最后一处仓房前稍站一会，做了几次深呼吸，之后穿过铁道口回家。跑步所需时间为三十一分三十秒。跑完冲淋浴吃早餐，吃完歪在沙发听一张唱片，听完开始工作。

一个月时间里每天早上我都跑这同一路线。然而仓房没烧。

我不时掠过一念：他会不会叫我烧仓房呢？就是说，他往我脑袋里输入烧仓房这一图像，之后像给自行车胎打气一样使之迅速膨胀。不错，有时我的确心想，与其静等他烧，莫如自己擦火柴烧干净来得痛快，毕竟只是个破破烂烂的小仓房。

但这恐怕还是我想过头了。作为实际问题，我并没有烧什么仓房。无论我脑袋里火烧仓房的图像如何扩张，我都不是实际给仓房放火那一类型的人。烧仓房的不是我，是他。也可能他换了该烧的仓房，或者过于繁忙而找不出烧仓房时间亦未可知。她那边也杳无音信。

057

十二月来临,秋天完结,早晨的空气开始砭人肌肤了。仓房依然故我。白色的霜落在仓房顶上。冬季的鸟们在冰冷的树林里"啪啦啪啦"传出很大的振翅声。世界照旧运转不休。

*

再次见到他,已是去年的十二月中旬了。圣诞节前夕,到处都在放圣诞歌曲。我上街给各种各样的人买各种各样的圣诞礼物。走在乃木坂一带时发现了他的车,无疑是他那辆银色跑车,品川编号,左车头灯旁边有道轻伤。车停在一家咖啡馆停车场内。当然车没有以前见到时那么神气活现闪闪发光,也许我神经过敏,银色看上去多少有些黯然。不过很可能是我的错觉,我有一种把自己记忆篡改得于己有利的倾向。我果断地走入咖啡馆。

咖啡馆里黑麻麻的,一股浓郁的咖啡味儿。几乎听不到人语,巴洛克音乐在静静流淌。我很快找到了他。他一个人靠窗边坐着,正在喝欧蕾咖啡(Cafe Au Lait)。尽管房间热得足以使眼镜完全变白,但他仍身穿开司米大衣,围巾也没解下。

我略一迟疑,决定还是打招呼。但没有说在外面发现他的

| 烧仓房 |

车——无论如何我是偶然进入这家咖啡馆，偶然见到他的。

"坐坐可以？"我问。

"当然。请。"他说。

随后我们不咸不淡地聊起了闲话。聊不起来。原本就没什么共同话题，加之他好像在考虑别的什么。虽说如此，又不像对我和他同坐觉得不便。他提起突尼斯的港口，讲在那里如何捉虾。不是出于应酬地讲，讲得蛮认真。然而话如细涓渗入沙地倏然中止，再无下文。

他扬手叫来男侍应生，要了第二杯欧蕾咖啡。

"对了，仓房的事怎么样了？"我一咬牙问道。

他唇角沁出一丝笑意，"啊，你倒还记得。"说着，他从衣袋里掏出手帕，擦下嘴角又装回去，"当然烧了，烧得一干二净，一如讲定的那样。"

"就在我家附近？"

"是的，真就在附近。"

"什么时候？"

"上次去你家后大约十天。"

我告诉他自己把仓房位置标进地图，每天都在那前面转圈跑步。"所以不可能看漏。"我说。

"真够周密的。"他一副开心的样子，"周密，合乎逻辑，但肯定看漏了。那种情况是有的，由于过分接近而疏忽看漏。"

"不大明白。"

他重新打好领带，觑了眼表。"太近了。"他说，"可我这就得走了。这个下次再慢慢谈好么？对不起，让人等着呢。"

我没理由劝阻他。他站起身，把烟和打火机放进衣袋。

"对了，那以后可见到她了？"他问。

"没有，没见到。你呢？"

"也没见到。联系不上。宿舍房间里没有，电话打不通，哑剧班她也一直没去。"

"说不定一忽儿去了哪里，以前有过几次的。"

他双手插在衣袋里站着，定定地注视着桌面。"身无分文，又一个半月之久！在维持生存这方面她脑袋可是不太够用的哟！"他在衣袋里打了个响指。"我十分清楚，她的的确确身无分文，像样的朋友也没有。通讯录上倒是排得满满的，那只不过是人名罢了。那孩子没有靠得住的朋友，不过她信赖你来着。这不是什么社交辞令，我想你对她属于特殊存在。我都有点嫉妒，真的，以前我这人几乎没嫉妒过谁。"他轻叹口气，再次觑了眼表，"我得走了，在哪里再见面吧！"

我点下头，话竟未能顺利出口。总是这样，在这小子面前语句难以道出。

其后我给她打了好多次电话。因未付电话费，电话已被切断。我不由担心起来，便去宿舍找她。她房间的门关得严严的，直达邮件成捆插在信箱里。哪里也见不到管理人，连她是否仍住在这里都无从确认。我从手账上撕下一页，写了个留言条："请跟我联系。"写下名字投进信箱。但没有联系。

第二次去那宿舍时，门上已挂了别的入住者的名牌，敲门也没人出来。管理人依然不见影子。

于是我放弃了努力。事情差不多过去一年了。

她消失了。

*

每天早上我仍在五处仓房前跑步。我家周围的仓房依然一个也没被烧掉，也没听说哪里仓房给烧了。又一个十二月转来，冬鸟从头顶掠过，我的年龄继续递增。

夜色昏黑中，我不时考虑将被烧毁的仓房。

跳舞的小人

梦中出来一个小人，问我跳不跳舞。

我完全清楚这是做梦，但梦中的我也和当时现实中的我同样疲惫。于是我婉言谢绝：对不起我很累恐怕跳不成的。小人并未因此不快，一个人跳起舞来。

小人把手提唱机放在地上，随着唱片起舞。唱片围绕着唱机扔得满地都是，我从中拿起几张来看。音乐种类五花八门，就好像闭着眼随手抓来的，且唱片内容同封套几乎驴唇不对马嘴。原来一度放过的唱片小人并未把它插回封套，就那样扔开不管，以致最后搞不清哪张唱片该插回哪个封套，只管乱插一气。于是，格伦·米勒（Glenn Miller）乐队封套被插进滚石乐队的唱片，拉威尔（Maurice Ravel）《达夫妮与克罗埃组曲》（Daphnis Et Chloe）封套给米奇·米勒合唱团的唱片插了进去。

但小人对这种混乱显得毫不介意。说到底，对小人来说，只要那是音乐且能随之起舞便别无他求。此刻小人正随原本装在《吉他音乐名曲集》封套中的"查理·帕克"（Charlie Parker）的唱片跳动。他将"查理·帕克"强烈而快速的音乐节奏同身体融为一体，疾风般地跳着舞着，我边吃葡萄边看小人的舞姿。

跳舞当中小人出了好些汗。一摆头，脸上的汗四溅开来；一挥手，汗从指尖落下。可是小人仍跳个不停。唱片转完，我把葡萄碗搁在地上，放新唱片上去。小人再次起舞。

"你跳得真好，"我打招呼道，"简直是音乐本身。"

"谢谢。"小人矜持地说。

"经常这么跳不成？"我问。

"算是吧。"小人道。

随后，小人脚尖支地飞身转了一圈，蓬松而柔软的头发随之飘飘洒洒。我拍手喝彩。这么精彩的舞我还一次都没见过。小人有礼貌地低头一礼，乐曲旋即终了。小人停下来，拿毛巾擦汗。我见唱针仍在同一地方"嗑嗑"跳动，便提起唱针关机，把唱片放进相应的封套。

| 跳舞的小人 |

"说来话长。"小人瞥一眼我的脸,"你大概没什么时间吧?"

我手抓葡萄,不知怎样回答。时间倒是绰绰有余,但若让我听小人大讲身世,未免觉得乏味,何况终究是梦。梦这东西不会做得太久,它随时都可能消失。

"从北国来的。"小人没等我回答便自行讲了起来,还打了个响指,"北国人谁也不跳舞,谁也不懂得跳,谁也不知道还有跳舞这回事。可我想跳,想踢腿、扬臂、摆头、旋转——像刚才那样。"

小人于是踢腿、扬臂、摆头、旋转。仔细看去,踢腿扬臂摆头旋转竟如光球迸射般齐刷刷地从身体上喷发出来,一个一个动作虽然不很难,但四个同时进行,便优美得令人难以置信。

"就是想这么跳,所以才来到南方。来南方当了舞者,在酒吧跳舞。我的舞受到好评,在皇帝面前也跳来着。啊,那当然是革命前的事了。革命发生后,如你所知,皇帝死了,我也被赶出城,开始在森林中生活。"

小人又去广场中央跳起来,我放上唱片。弗兰克·辛纳特拉(Frank Sinatra)的旧唱片。小人随着辛纳特拉的歌声,边唱《夜与昼》(Night and Day)边跳。我想象小人在皇帝御座前跳舞的身姿。

美轮美奂的枝形吊灯和千娇百媚的宫女，罕见的水果和禁军的长矛，臃肿的宦官，身穿镶宝石龙袍的年轻皇帝，一心一意挥汗跳舞的小人……如此想象的时间里，就好像远处马上有革命的炮声传来。

小人不住地跳，我不住地吃葡萄，夕阳西下，林影覆盖大地。鸟一般大小的黑色巨蝶穿过广场，消失在森林深处。空气凉浸浸的。我觉得该是自己离去的时候了。

"我差不多得走了。"我对小人说。

小人停止跳舞，默默点头。

"谢谢你的跳舞表演，看得我非常愉快。"我说。

"没什么。"小人道。

"也许再见不到了，多保重！"我说。

"哪里。"小人摇下头。

"为什么？"我问。

"因为你还会来这里。来这里住在森林中，日复一日和我一同跳舞，那时你也会跳得十分动人。"小人"啪"一声打个响指。

"为什么我要来这里和你跳舞呢？"我不无讶然地问。

"命中注定。"小人说,"这已是任何人都改变不了的。所以,你我早晚还要见面。"说着,小人扬脸看了看我。夜色早已水一样染青了小人的身体。"再会!"说罢,小人把背转给我,一个人重新起舞。

睁眼醒来,只我一个人,一个人趴在床上,浑身湿淋淋的汗水。窗外可以看见鸟,但不像平日的鸟。

我仔仔细细地洗脸、刮须、烤面包、煮咖啡。然后喂猫,换猫砂,打领带,穿鞋,乘公共汽车去工厂。我在工厂做象。

不用说,象不是那么好做的。**对象物**庞大,结构也复杂,不同于做发卡和彩色铅笔。工厂占地面积很大,分好几栋。一栋即已相当可观,按车间涂成各所不同的颜色。这个月我被分到象耳车间,故在黄色天花板黄色柱子的厂房里做工。安全帽和裤子也是黄色的。我就在这里一个劲儿地做象耳。上个月是在绿色厂房戴绿安全帽穿绿裤做象头来着。我们全都像吉卜赛人一样一个月一个月换车间。这是工厂的安排,因为这样即可把握整头象是怎样一个东西。

不允许一辈子只做耳朵或只做趾头。脑袋好使的人安排轮流次序表，我们依表轮班。

做象头是非常有干头儿的工序，活儿非常细，一天下来累得一塌糊涂，口都懒得开，干罢一个月体重减少三公斤之多。不过，确实可以有一种自己在做什么的感觉。相比之下，象耳之类实在轻松得可以，做一个薄薄的玩意儿在上面划出皱纹即算完成一件，所以我们都说去象耳车间是"耳休假"。度完一个月耳休假，我将被分去象鼻车间。做象鼻也是十分谨慎的活计，因为倘若鼻子不能摇来摇去且鼻孔未上下贯通，做出来的象有时会暴跳如雷。做鼻子时我非常紧张。

有一点要强调一下：我们做象并非无中生有。准确说来，我们是以假补真。就是说，我们抓来一头象用锯子将耳、鼻、头、躯干、尾巴分别锯开，用来巧妙地组合成五头象。所以，做出来的象每头只有五分之一是真的，其余五分之四是假的。但这点不细看是看不出来的，连象本身都浑然不觉。我们做象便是做得如此天衣无缝。

若问为什么必须如此人工做象或者说以假补真，这是因为我们远比象性急。倘听其自然，象这东西每四五年才产一头小象。我们无疑顶顶喜欢象，看到象的如此习惯或习性，委实急不可耐，因而决定自己动手以假补真地生产象。

为了不被滥用，我们将这样的象卖给象供应公司，在那里停留半个月接受严格的功能检测，然后在象的脚底盖上公司印记放归森林。通常一星期做五头象。圣诞节前的旺季开足机器可以生产二十五头，不过我想十五头大约是较为稳妥的数字。

前面也已说过，象耳车间在象工厂一系列工序中是最为轻松的地方。不用力气，不用绷紧神经，不用复杂机器。作业量本身也少，悠悠然干一天也可以，鼓足劲干一上午完成定额往下闲着无事也没关系。

我和同伴两个都不是拖拖拉拉做活那种慢性子，一上午集中干完，下午或聊天或看书只管做自己喜欢的事。那天下午我们也是把划好皱纹的十枚耳朵整齐地靠墙摆好，之后坐在地板上晒太阳。

我把梦见跳舞小人的事告诉同伴。梦中情景我每一细节都一一记得，所以就连无所谓的细微处也都描述了一番，语言不尽意的地方便实际摆头扬臂踢腿来演示。同伴喝着茶，"唔唔"点头听我讲述。他比我大五岁,身材魁梧,浓胡须,沉默寡言,有抱臂沉思的习惯。也是因为长相关系,初看上去总是一副冥思苦索的样子,但实际上并没想那么多,大多时候只是稍微欠身,没头没尾道一声"难呐!"

这时也是如此,听罢我这场梦,他一直沉思不语。由于他沉思的时间太长,我便用抹布擦拭电风箱的配电盘,以此来消磨时间。又过了一会,他才像平时那样霍地欠起身。"难呐,"他说,"小人,跳舞的小人……难呐!"

我也一如平时那样并不指望他给予什么像样的回答,所以也没怎么失望。无非想对谁讲讲罢了。我把电风箱放回原处,喝一口变温的茶。

然而少见的是同伴仍在一个人久久沉思。

"怎么了?"我问。

"以前也好像听人讲过小人的事。"他说。

"哦?"我一惊。

"事情是记得,但想不起是在哪里听的。"

"想想看。"

同伴"嗯"一声，又沉思一阵子。

他好歹想起来已是三个多小时以后的事，差不多到傍晚下班时间了。

"是这样！"他说，"原来是这样，总算想起来了！"

"那就好！"我说。

"第六工序那里有个植毛的老伯吧？就是白花花头发一直披到肩，牙齿没剩几颗的那个老伯。喏，听说革命前就在这工厂工作……"

"呃。"若是那个老人，倒是在酒馆见过几次。

"老伯很早以前就跟我说过小人的事，说小人舞跳得好。当时以为不过是老年人信口开河罢了，现在听你这一说，看来也并不全是无中生有。"

"他怎么说来着？"我问。

"这个嘛，毕竟是很久以前的事了……"说着，同伴抱起胳膊，再次陷入沉思。但什么也没再想出。一会儿，他霍地欠起身体，"不行，想不起来。"他说，"最好你自己找那老伯亲耳听听。"

我决定照办。

下班铃一响,我就去第六工序车间那里。老人已经不见,只两个女孩在扫地板。瘦些的女孩告诉我:"若是那个老伯,大概在那家老酒馆。"去酒馆一看,老人果然在。他坐在吧台前的高椅上,旁边放着打开的盒饭,脊背伸得直直地喝酒。

这是一家很老的酒馆,非常非常老。我出世前、革命前酒馆就在这里,几代象工都在此饮酒、打扑克、唱歌。墙上挂着一排象工厂昔日的照片:有第一任厂长检查象牙的,有过去的电影演员来厂访问的,有夏日舞会的,等等。只是,皇帝及其他皇室的照片,以及被视为"帝政"的照片全部被革命军烧掉了。革命照片当然有:占领工厂的革命军,吊起厂长的革命军……

老人坐在一张题为"磨象牙的三个童工"的变色照片下喝美佳特酒。我寒暄一声挨他坐下,老人忙指照片道:

"这就是我。"

我凝目注视照片。三个并排磨象牙的童工中右边十二三岁的少年依稀有老人年少时的面影。不说绝对看不出,经他一说,那尖尖的鼻头和扁平的嘴唇确乎与人不同。看情形老人总是坐在这照片下面的位置，每有不熟识的客人进来便告以"这就是我"。

"照片像是很旧了。"我挑起话头。

"革命前的。"老人以无所谓的语气说道，"革命前我也是这样的小孩子嘛。都要上年纪的，就连你转眼也会跟我一样，拭目以待好了！"

说罢，老人大大张开差不多缺了一半牙的嘴，喷着口水"嘀嘀嘀"笑了起来。

接着，老人讲了一通革命时期的事。皇帝也罢革命军也罢老人都讨厌。由他尽情尽兴说了个够之后，我看准火候为他要了杯美佳特酒，开口问他关于跳舞的小人是不是知道点什么。

"跳舞的小人？"老人道，"想听跳舞的小人？"

"想听。"我说。

老人猛地盯住我的眼睛，稍顷又恢复了醉酒时特有的浑浊而茫然的眼神。"也罢，也是因为你买酒给我，就说说好了。不过，"老人在我面前竖起一指，"不许跟别人说！虽说革命已过去了很多年月，但这跳舞小人的事即使现在也不得在人前提起。不可讲给别人听！我的名字也不可说出！明白了？"

"明白了。"

"拿酒来！换去单间。"

我要了两杯美佳特酒。为避免侍者听见，我们移去有餐桌的座位。餐桌上放着一盏大象形状的深色台灯。

"革命前的事了，有小人从北国来。"老人说，"小人舞跳得好。啊不，岂止跳得好，简直是跳舞本身。任凭谁都学不来。风、光、味、影等一切一切聚在小人身上同时迸溅，小人可以做到这点。那……真个十分了得！"

老人寥寥无几的几颗门牙碰得玻璃杯"喀喀"作响。

"那舞你亲眼看过？"我试着问。

"看过？"老人盯视我的脸，尔后十指使劲在桌上摊开，"当然看过，每天都看，每天都在这里看！"

"在这里？"

"是的。"老人说，"是在这里。小人每天在这里跳，革命前。"

老人说，身无分文来到这个地方的小人躲进这家象工厂职工聚

| 跳舞的小人 |

集的酒馆，先是做勤杂工那样的活计，不久跳舞才能得到承认，开始被作为舞者对待。职工们因希望看年轻女子跳，起始对小人的舞嘟嘟囔囔说三道四，但不多日子便谁都无话可说，端着酒杯看小人跳舞看得出神。小人的舞同其他任何人的都不一样。一句话，小人的舞能把观众心中平时弃置未用、甚至本人连其存在都未意识到的情感，像掏鱼肠一般在光天化日之下扯拉出来。

小人在这酒馆大约跳了半年。酒馆里天天客人爆满，全都是来看小人跳舞的。通过看小人跳舞，客人沉浸在无限喜悦或无限伤感之中。自那时起，小人便已掌握了一种技艺，即全凭舞的跳法来任意左右观众的情绪。

后来，跳舞小人的事传到一个在附近拥有领地且同象工厂也有不浅因缘的贵族团长——此人日后被革命军逮住活活闷进装过**动物胶**的铁桶——的耳朵里，并由贵族团长传入年轻皇帝的耳朵。喜好音乐的皇帝说无论如何都要看小人跳舞。一艘带有皇室徽章的垂直导航船朝酒馆开来，近卫兵们毕恭毕敬地把小人接去宫廷。酒馆主人得到了数额多得过分的赏钱。酒馆顾客们自是忿忿地抱怨了一番。但抱怨皇帝当然无济于事，他们只好喝啤酒喝美佳特，仍像以前那样看年轻女子的舞。

与此同时，小人得到了宫廷的一个单独房间，在那里由宫女们擦洗身体，穿上绸缎衣服，并被教授在皇帝面前要注意的礼节。翌日晚上，小人被领到宫廷的一个大厅。待他一到，大厅里的皇帝直属交响乐团即开始演奏皇帝谱写的波尔卡舞曲，小人随之起舞。开始跳得很慢，以使身体习惯舞曲，随之一点点加速，继而如旋风一般跳将开来。众人屏息敛气盯视小人，谁都说不出话来。几个贵妇人晕倒在地。皇帝不由自主地将斟有金粉酒的水晶杯碰落在地，但没有一个人意识到杯碎的声音。

说到这里，老人把手里的酒杯放在桌上，用手背抹了下嘴，又用手指捏弄大象形台灯。我等着老人继续下文，但老人好半天都不开口。我叫来侍者，又要了啤酒和美佳特酒。酒馆里变得有点拥挤，一个年轻女歌手开始在台上调吉他弦。

"后来怎么样了？"我问。

"啊，"老人仿佛突然想起似的说，"革命爆发，皇帝被杀，小人逃跑。"

我臂肘支在桌上，双手抱也似的端起大啤酒杯喝啤酒，看着老人的脸问："小人进宫不久就爆发革命了？"

"是的，也就一年吧。"老人说着，打了个大嗝儿。

"不太明白，"我说，"刚才你说不许把小人的事公之于众，这是为什么呢？莫非说小人同革命之间有什么关联不成？"

"这个嘛——我也不清楚。但有一点很清楚：革命军始终在拼命搜寻小人行踪。那以来已过去了漫长岁月，革命早已成为老皇历，然而那些家伙仍在寻找跳舞的小人。至于小人同革命之间有什么关系我却是不晓得，传闻而已。"

"什么传闻？"

老人脸上现出难以启齿的神情。"传闻终归是传闻——据说小人在宫廷里没起什么好作用。也有人说革命是因此才发生的。关于小人我知道的只这么多，其他什么也不知道了。"

老人"呼"地叹口气，把酒一饮而尽。桃色液体从他嘴角淌出，顺着脏兮兮的衬衣滴下。

小人再没梦见。我每天照常去工厂制作象耳。用蒸汽把象耳弄软后，拿锤子打平，剪断，加料扩大五倍，烘干后划上皱纹，午休时和同伴吃着盒饭谈论第八工序新来的年轻女孩。

象工厂有不少女孩,她们主要做连接神经系统、缝合、清扫一类活儿。我们一有时间就谈女孩,女孩一有时间就谈我们。

"那可是惊人漂亮的女孩哟,"同伴说,"大家全都盯住不放,但还没人能搞上。"

"就那么漂亮?"我半信半疑。以前有好几次听人说后特意跑去看,实际上并不见得怎么样。这类传闻大多不可信以为真。

"不骗你的,不信你去亲眼看看好了。如果那还不算漂亮,最好去第六工序做象眼的那里换一对新眼睛来。我要是没老婆,肯定死活把她哄到手。"同伴道。

午休已经结束,但我们车间照例闲着,下午几乎没事可干,于是我决定适当编造一点事由去第八工序那里看看。去那里要穿过长长的地下隧道,隧道口有保安员守卫,但因是熟人,没吭声就把我放了进去。

出得隧道是一条河,沿河下行不远就是第八工序厂房。房顶和烟囱均为粉红色。第八工序负责做象腿,四个月前我在此干过,情况了如指掌,不料门口年轻的保安员却是不曾见过的新面孔。

"什么事？"新保安员问。这小子身上的制服还新得有棱有形，看样子不大好通融。

"神经线不够了，来借神经线的。"说罢，我清清嗓子。

"奇怪，"他目不转睛看着我的制服说，"你是象耳车间的吧？耳部和腿部的神经线应该不具有互换性的嘛。"

"说起来话长，"我说，"原本打算去象鼻车间借来着，但那里没有多余的。但他们说这里腿部线不够的话不好办，如果能调剂一根，把细线转借过来也可以。同这里一联系，说是有多余的，叫过来取，所以这就来了。"

他"啪啦啪啦"翻动文件夹，"可我没有听说啊。这种走动应该有联系才是。"

"怪事。是哪里出错了，跟里面的人说过要他打好招呼的。"

保安员啰啰嗦嗦磨蹭了一会。我吓唬他说若是误事上边怪罪下来你可得负责任，他这才嘟嘟囔囔地放我进去了。

第八工序即腿部作业区是一栋空空荡荡的扁平建筑物，一半在地下，长方形，粗粗拉拉的沙地面，地面恰与眼睛一般高，开有采光用的窄玻璃窗。天棚上交错着可移钢轫，几十根象腿吊在上面，眯眼细看，俨然象群自天而降。

场内共有三十几个男女在劳作。建筑物里一片昏暗，加之全都戴着帽子口罩以至防尘眼镜，根本搞不清哪里有新来的女孩。好在其中有一个我过去的同事，便问他新来的女孩是哪个。

"十五号台安脚趾那个。"他告诉我说，"不过想要花言巧语还是死了心为好，简直龟甲石一般坚固，根本奈何不得。"

我道声"谢谢"。

十五号台安脚趾的女孩身段甚是苗条，活像从中世纪绘画里走下的少女。

"对不起。"我打声招呼。

她看我的脸，看我的制服，看我的脚下，又看我的脸，然后摘下帽子，取掉防尘眼镜。果然漂亮得令人吃惊，头发弯弯曲曲，眸子海一般深邃。

"什么事？"女孩问。

"有时间的话，明天星期六晚上一起跳舞去好么？"我一咬牙约道。

"明天晚上是有时间，是打算去跳舞，但不跟你去。"她说。

| 跳舞的小人 |

"跟谁有约?"我问。

"什么约也没有。"言毕,她重新戴帽戴防尘镜,抓起台上的象趾,测量趾尖尺寸。趾尖略宽,她拿过凿子麻利地削了起来。

"既然没有约会,和我一起去好了!"我说,"有伴儿岂不比一个人去有意思?晚饭我晓得一家味道好的饭馆。"

"不必了,我想一个人去。要是你也想跳,随便去跳不就是了!"

"去的。"

"请便。"说罢她不再理我,埋头做工。她把凿子削好的脚趾放在脚掌前端的凹窝里,这回大小正相应。

"就新手来说还蛮有两下子嘛。"我说。

她再不应声。

这天夜里,梦境中再次出现小人。是梦这点这次也绝对清楚。小人坐在森林广场中央一根圆木上吸烟。这回唱片和磁带都没放,小人神情憔悴,看上去比第一次见时稍微显老。尽管如此,无论如何也看不出是革命前出生的老人,感觉上至多比我大两三岁。精确的看不出。小人的年龄原本就是不易弄清的。

我因无事可干,便围着小人来回兜圈,看天,随后在小人身旁坐下。天空阴沉沉的,乌云往西飘移,看样子随时都可能下雨。小人大概因此才把唱片和磁带藏在什么地方以免淋湿。

"嗨。"我招呼小人。

"嗨。"小人应道。

"今天怎么不跳?"我问。

"今天不跳。"小人说。

不跳舞时的小人显得弱不禁风,一副楚楚可怜的样子。虽然传说他曾在宫廷里权势显赫,但此时根本看不出来。

"不大舒服?"我问。

"啊,"小人说,"心情不好。森林里阴冷阴冷的,老是一个人住在里面,好多东西都让身体吃不消。"

"够你受的。"

"需要活力,需要充溢身体的活力,需要足以连续跳舞足以满山奔跑淋雨也不感冒的新鲜活力,非常需要。"

我"唔"了一声。

我和小人在圆木上默坐有时。头上很空旷，树梢迎风奏鸣，树干间蝴蝶时隐时现。

"对了，"小人道，"你可有什么事求我？"

"有事求你？"我愕然反问，"能求你什么呢？"

小人拾起一条树枝，用枝尖在地面画出星形。"女孩的事。不是想得到那个女孩吗？"

说的是第八工序那个美少女。我心中一惊，小人竟连这种事都知道。不过，梦中任何事都可能发生的。

"想倒是想，可求你也不顶什么用吧？只能由自己想办法。"

"你想也没用。"

"是吗？"我有点冒火。

"当然，想也没用。你生气也罢，怎么也罢，没用就是没用。"小人说。

或许其言不差，我想，小人说得对。无论从哪一点看我都是平庸之辈。没有任何值得向人炫耀的东西，没有钱，相貌又不英俊，嘴也不会说——毫无可取之处。性格我想还过得去，工作也够热心，较受同事喜欢，身体也挺健壮，但不属于女孩一见钟情那种类型。如此角色想单靠耍嘴皮打动那个档次的美人，的确不大容易。

"不过，我若助你一臂之力，或许能有眉目。"小人悄声低语。

"助什么力？"我受好奇心驱使问道。

"跳舞。那女孩喜欢跳舞，所以，只要你在她面前舞跳得好，她保准属于你的，往下你只管站在树下等苹果自行掉下来好了。"

"你能教我怎么跳？"

"教倒可以。"小人说，"只是一两天教不出名堂，天天练起码也得练半年才行，不然跳不出打动人心的舞来。"

我无奈地摇摇头："那不成的。等上半年，她早就给哪个小子的甜言蜜语攻破了。"

"什么时候跳？"

"明天，"我说，"明天周六晚上，她去舞厅跳舞，我也去，在那里请她跳舞。"

小人用树枝在地面画出几条直线，又在上面拉几道横线，构成奇妙的图形。我默不作声，定定地注视小人手的动作。片刻，小人把吸短的香烟从嘴唇上"噗"地吹落在地，抬脚踩死。

"也不是没有手段,如果你真想得到那女郎。"小人说,"是想得到吧?"

"当然想。"我说。

"什么手段想听吧?"小人问。

"讲给我听。"

"不难,我进到你身体里去,借你身体跳舞。你嘛,身体健壮,力气也有,想必跳得成的。"

"身体是什么人都比不得的,"我说,"可那真能做到?真能进我体内跳舞?"

"能。那一来,那孩子肯定是你囊中物,我敢保证。不光那孩子,**任何女人**都手到擒来。"

我用舌尖舔一下嘴唇。如此未免过于顺利。问题是小人一旦进入我体内,便有可能再不出去,致使自己的身体被小人据而有之。哪怕再想弄到女孩,我也不愿落得那般下场。

"不放心吧,你?"小人似乎看透了我的心思,"怕身体被我篡夺?"

"因为听到不少你的传闻。"

"不好的传闻？"

"啊，是的。"我说。

小人以尽知内情的神情抿嘴一笑："别担心。我再有本事，也不至于将别人身体轻易据为己有。那是需要签合同的，就是说只有双方同意才办得到。你不想永远出让身体吧？"

"那当然。"我打个寒战。

"不过若是完全无偿地帮你哄骗女孩，作为我也没意思，这样好了。"小人伸出一指，"有个条件。条件不难，反正有个条件。"

"什么条件？"

"我进入你体内，并进舞厅邀女孩跳舞，讨她欢心，而由你对女孩随心所欲。这时间里你一句话也不得出口，在女郎彻底到手之前不得出声——就这个条件。"

"不开口又如何哄得了女孩呢？"我提出异议。

"放心，"小人摇下头，"无须担心。只要有我的舞，任何女人都乖乖就擒，放心就是。所以，从跨入舞厅第一步时起到女郎彻底就范之前万万不得出声，听明白了？"

"要是出声呢？"我问。

"那时你的身体就成我的了。"小人说得蛮轻松。

"如果一声不出地顺利结束？"

"女人就是你的。我从你体内出来返回森林。"

我深深叹口气，思索到底如何是好。这时间里小人仍拿着树枝在地面画着莫名其妙的图形。一只蝴蝶飞来，落在图形正中。老实说，我有些怕。我没有把握做到自始至终都不开口，但不那样做，自己基本上没有可能把那女孩搂在怀里。我在脑海中推出第八工序那个削象趾的女孩的姿容，无论如何我都想把她弄到手。

"好吧，"我说，"试试看。"

"一言为定！"小人道。

舞厅在象工厂正门旁边，每到周末晚上，舞池便给工厂的年轻职工、女孩们挤得水泄不通。在工厂做工的单身男女几乎全体涌来这里，我们在此跳舞、喝酒，同伴聚在一起交谈，恋人们不大工夫便跑去树林抱作一团。

"令人怀念啊！"小人在我体内不胜感慨地说，"跳舞就应该是这个样子，群众、酒、灯光、汗味儿、女孩香水味儿，实在叫人怀念！"

我分开人群找她。几个熟人见了拍我肩膀打招呼，我也报以微笑，但只字未吐。很快，交响乐队开始演奏，但还是没找到她。

"莫急！时间早着哩，好戏刚刚开始。"小人说。

舞池呈圆形，在电力驱动下缓缓旋转。椅子像包围似的绕舞池摆了一圈。高高的天花板上悬着偌大的枝形吊灯。精心打磨过的地板宛如冰盘闪闪反射着灯光。舞池左侧如体育场看台一般高高耸起，上面是乐队。乐队分两组，均为大型交响乐队，每三十分钟轮换演奏一次，整个夜晚不间断地送出华丽的舞会音乐。右边的乐队有两个极具气派的大鼓，队员们前胸全部别有红色的大象标志。左边的乐队一字排出拿手的长号，胸前的大象标志是绿色的。

我坐在席上点了啤酒，打好领带，点燃香烟。拿酬金的陪舞女郎一个个转到我桌前，邀道："嗳，潇洒的阿哥，跳个舞吧！"但我没有理睬。我手托下巴，用啤酒润着喉咙，等她出现。一个小时过去了也没来。华尔兹、狐步舞曲、鼓手对决、小号高音白白地荡过舞池。我觉得说不定她一开始就没打算来，而只是捉弄我。

"放心，"小人低声道，"保证来的，只管以逸待劳好了！"

她出现在舞厅门口时,时针已转过九点。她身穿光闪闪的贴身连衣裙,脚上是黑高跟鞋,性感十足,顾盼生辉。在她面前,整个舞厅都仿佛黯然失色。几个小伙子一眼发现她便邀她同舞,她一甩胳膊轻轻挡开。

我一边慢慢啜着啤酒,一边用眼睛跟踪她的动向。她在隔着舞池的对面一张桌旁坐下,要了红色鸡尾酒,点燃长长的纸卷烟。鸡尾酒她几乎一口未沾。吸罢一支,她碾死烟离座立起,以俨然走向跳水台的姿势款款滑入舞池。

她不同任何人搭档,只管一个人跳。乐队正在演奏探戈。她漂亮地跳起探戈,漂亮得旁观都令人陶醉。每一摆头,她那长长的鬈发便如疾风掠过舞池,修长而白皙的手指飒然有声地拨动空气的琴弦。她全然无所顾忌,只为自己独舞。定神看去,恍如梦境的继续。于是我脑袋有点混乱起来。假如我是在为一个梦而利用另一个梦,那么真正的我又究竟在哪里呢?

"那女孩的确跳得精彩,"小人说,"跟她倒是值得一跳。差不多该上去了!"

我几乎下意识地从桌旁起身步入舞池。我挤开几个男子上前,站在她身旁"咔"一声并齐脚跟,向众人表示即将起舞。她边跳边一闪瞟了一眼我的脸。我莞尔一笑。她没有回应,继续独舞。

起始我跳得很慢。随后一点点加快速度,最后竟跳得如旋风一般。我的身体已不是我的身体,我的手、脚、脖颈自行其是地在舞池里淋漓酣畅地跳之舞之。我可以在任其跳动的同时清晰地听取星斗的运行声潮水的涌流声风的拂掠声。我觉得所谓跳舞即是这么一种东西。我踢腿、扬臂、摆头、翩然旋转,旋转时脑海中白晶晶的光球纷然四溅。

女孩瞥我一眼,随我旋转一圈,重重地踏一声脚。我感觉得到她体内也是白光四溅。我觉得十分幸福,这样的心情生来还是第一次。

"如何,比在什么象工厂劳作快活得多吧?"小人道。

我什么也没回答。口中干巴巴的,想出声也出不得。

我们连续跳了不知几个小时,我主导舞步,她配合默契。那是堪称永恒的时间。后来她以实在筋疲力尽的姿态止住舞步,抓住我的胳膊。我——也许该称为小人——也停了下来。我们停立在舞池中央面面相觑。她弓身脱下黑高跟鞋,拎在手上再次看我的脸。

我们离开舞厅，沿河边行走。我没有车，只好一个劲儿走下去。不久，路爬上舒缓的斜坡，四下笼罩在夜间开放的白色野花的香气中。回头望去，工厂的建筑物在眼下黑魆魆地展开。昏黄的灯光和交响乐队演奏的节奏多变的曲目如花粉一般从舞厅洒往四周。风轻柔柔地吹来，月亮往她的秀发投下湿润润的光。

她和我都没开口。跳舞后什么都无须说了。她像是由人领路的盲人，始终抓住我的臂肘。坡路顶头，是一片宽阔的草地。草地松林环绕，宛如平静的湖泊，柔软的青草齐刷刷地齐腰铺开，在夜风吹拂下跳舞似的摇摇摆摆，点点处处花瓣闪光的花朵在探头呼唤飞虫。

我搂着她的肩走到草地正中，一声不响把她按倒在地。"好一个不开口的人！"她笑道，把高跟鞋往旁边一甩，双臂缠住我的脖颈。我吻在她嘴唇上，然后离开身体重新看她的脸。她的确美如梦幻，能如此把她抱在怀里，自己都难以置信。她闭起眼睛，似乎在等待我的吻。

她的面目发生变异就是在这个时候。最初从鼻孔中有什么软乎乎胀鼓鼓的白东西爬出。蛆！见所未见的大蛆。蛆从两侧鼻孔一条接一条爬了出来，令人作呕的死臭突然壅塞四周。蛆落在她嘴唇上，又从嘴唇落往喉部，有的甚至爬过眼睛钻入头发。鼻子表皮一片片卷起，下面溶解了的肉黏糊糊地往四周扩展，最后只剩下两个黑孔。而蛆群仍在其中蠢蠢欲动，蛆身粘满腐肉。

两眼有脓冒出。眼球被脓水挤压得一抽一抽地抖动了两三下，随后长拖拖地垂在脸的两侧，其深陷的空洞里白线球一般盘着一团蛆。腐烂的脑浆里也有蛆聚在一起。舌头如大大的蛞蝓晃悠悠地从唇间垂下，旋即腐烂掉下。齿龈溶解，白牙一颗颗纷纷落下。蛆虫到处咬破滑溜溜的头皮探出头来。尽管如此，她搂在我后背的双臂仍未放松。我无法挣脱她的胳膊，无法侧过脸去，甚至无法闭眼。胃里的沉积物一直涌到喉咙，却连把它压下都不可能。浑身上下的皮肤似乎全部翻了过来。耳畔传来小人的笑声。

女郎的脸仍在溶解不止。肌肉像在什么时候扭歪了，下颏像松了箍，嘴豁然洞开，浆糊状的肉、脓、蛆趁势一同四溅。

我使劲吸一口气，准备大声喊叫。我希望有人——谁都可以——把我从这地狱中拉出。但终归我没有叫。我几乎凭直感知道**这种事是不可能实际发生的**,不过是小人设的圈套而已。小人想让我出声,只消我出一声,我的身体将永远归小人所有,而那正是小人求之不得的。

我咬紧牙关,闭起眼睛。这回得以顺利闭上,无任何阻力。一闭眼睛,传来风掠过草地的响动。我可以感觉出女郎的手指死死抠进我的背里。我毅然决然地搂住她的身体,拉过来朝烂肉上大约曾有过嘴的位置吻下去。黏糊糊的肉片和蠢蠢蠕动的蛆团贴住我的脸,难以忍受的死臭直冲我的鼻腔。但这只是一瞬之间。睁开眼睛时,我正和原来的娇美女孩接吻,柔和的月光照着她桃红色的脸颊。我明白自己战胜了小人:我终于一声未发地做完了一切。

"你赢了,"小人以甚为疲惫的声音说,"女郎是你的,我离去就是。"

小人旋即脱离我的身体。

"不过这不算完,"小人继续道,"你可以获胜许多许多次,失败只有一次。一旦失败,就前功尽弃。而你迟早必败。败就一切都完了。记住:我将一直等下去,等待那一天。"

"你为什么非抓我不可呢?"我向小人喊道,"别人为什么就不行?"

但小人没有回答,只是笑。小人的笑声在四周回荡片刻,尔后被风吹去。

终归给小人言中了。眼下的我正受到全国警察的追捕。在舞厅看见我跳舞的一个人——可能是那个老人——跑去当局检举我跳舞时有小人钻入体内。警察们一方面监视我的起居情况,一方面找我周围的人详细查问。我的同伴证实说我讲过一次小人,于是对我发出了逮捕令。一队警察前来包围工厂,第八工序那个美少女来我车间偷偷告诉我,我飞身逃出车间跳入储藏成品象的水池,跨上一头象逃进森林。当时踩死了几个警察。

就这样,我差不多一个月都是从这片森林跑去那片森林、从这座山转到那座山,靠吃树果吃昆虫喝溪水活命。但警察人多势众,他们迟早会逮住我,而一旦被逮,据说恐怕便要以革命的名义把我绑上绞盘撕得七裂八半。

小人每天夜晚都出现在我的梦里,叫我进入他体内。

"这样至少可以避免给警察逮去撕成八块。"小人说。

"但要永远在森林里跳舞,是吧?"我问。

"正是。"小人回答,"何去何从你自己选择。"说罢,小人嗤嗤窃笑。

然而我哪个都不能选择。

传来犬吠声,几条狗的吠声。他们将很快赶来这里。

盲柳与睡女

挺直腰闭起眼睛，闻到风的气味，硕果般胀鼓鼓的五月的风。风里有粗粗拉拉的果皮，有果肉的黏汁，有果核的颗粒。果肉在空中炸裂，果核变成柔软的霰弹，嵌入我赤裸的臂腕，留下轻微的疼痛。

很久不曾对风有如此感觉了。久居东京，早已忘记了五月的风所具有的奇妙的鲜活感。就连某种痛感人都会忘个精光，甚至嵌入肌肤浸透骨髓的**什么**的冰冷感都会忘得一干二净。

我很想就这样的风——就吹过这片斜坡的初夏丰腴的风——向表弟讲述一番，最终还是作罢。他才十四岁，还从未离开过这个地方，向没有经历失落的人讲述失落为何物是不可能的。我挺起腰，一圈圈转动脖子。昨晚一个人喝威士忌喝到很晚，以致像有疙疙瘩瘩的东西留在脑颅中央。

"嗳，现在几点？"表弟问我。我和表弟身高相差近二十厘米，他说话时总是往上看我。

我觑了眼手表回答："十点二十分。"

表弟抓我的左腕凑到自己眼前，定睛细看表盘。从相反一侧看阿拉伯数字是件麻烦事。他松开手腕后，我也有点不放心，就又看了一遍，仍是十点二十分。

"表可准？"表弟问。

"准的。"我说。

他又拉过我的手腕看表。手指细细滑滑，却意外有力。

"贵么，这个？"他问。

"不贵。便宜货。"我说。

没有回应。看看表弟，见他微张着嘴唇，怔怔地朝上看我，唇间露出的白牙仿佛退化的白骨。

"便宜货。"我对着表弟左耳重复一遍，"虽然便宜，可是很准。"

表弟"嗯"一声点头，合上嘴。我从衣袋里掏出香烟，用打火机点燃。表弟右耳不好,刚上小学时耳朵给球砸中,那以来就听不见声音了。也不是绝对听不见,隐约听得一点,而且有能较好听见的时期和不能的时期,还有的时候两只耳朵同时什么也听不见。依他母亲、即我父亲的妹妹的说法,大约类似一种神经性症状。就是说,如果把神经平均分配到两只耳朵,那么,右耳的沉闷便不时压没左耳的声音,沉默像油一样淹没了五感。

我有时猜想,较之外伤所致,他的听力障碍恐怕更是属于神经性质的。当然我说不准,就连看了八年的医生们都不得其解。

"就是说表这东西,也不是价格贵就一定准喽?"表弟说,"以前我一直戴的一只表贵是够贵的,却常常走不准,后来倒是弄丢了。"

"唔。"

"表带扣有点儿松,不知什么时候脱落不见了,注意到时已经不在手腕上了。"他把左腕忽地举起,"求大人买一个,不到一年又丢了。毕竟不好再求,那以后一直没表。"

"没表不方便吧?"我嘴角叼着烟问。

"哦?"

"不方便的吧？"我把烟换到手上，改说一遍。

"也不至于，"表弟说，"不至于有多大麻烦。当然也不是说完全没麻烦，不过又不是在山里边生活，想问谁都问得到。再说首先是弄丢的我不好，是吧？"

"倒也是。"我笑道。

"几分？"表弟问。

"二十六分。"

"公共汽车几分来？"

"三十一分。"我回答。

他沉默了一会儿，这时间里我把剩下的烟吸完。

"有时候我甚至想，戴着走不准的表也够辛苦的，还不如没有的好。"表弟说，"可不是故意弄丢的哟。"

"唔。"

表弟又沉默下来。

我应该对他更亲切些，应该这个那个多搭些话，这点我自己也很清楚，只是不晓得到底说什么合适。从上次见他到现在，已经过去了三年。三年时间里，他从十一长到十四，我由二十二长到二十五。——回想三年时间自己身上发生的事,能够讲给这少年听的我觉得一桩也没有。就算我有事要对他说,也总是突然间想不起词来。而每当我一下子语塞时,少年便以凄寂的神情仰视我,并且每每把左侧的耳朵多少朝我这边斜来。见到表弟这副样子,自己都觉得不知所措。

"现在几分?"表弟问。

"二十九分。"我说。

公共汽车开来是十时三十二分。

同我乘此路车上高中时相比,车型新了许多。驾驶室的窗玻璃大得出奇,就好像被拧掉翅膀的大型轰炸机。出于慎重,我认真看了车的线路编号和行驶方向,放心好了,没错。车"**呼——**"地吐口气停住,后面的自动门开了。我和表弟以为开的是前门,于是慌慌张张转到后头,登上踏脚板。七年一过,很多东西都有了变化。

车上比预想的挤。站立的乘客自然没有,但也没有能让我们两个并排坐下的位置。我们决定站着,路又没有远到让人站累的地步。不过我还是第一次见到这个时间段的这路车有这么多乘客。从私营铁路车站开出，绕山脚转一圈，又返回同一车站——便是这么一路车，何况沿线又没有什么稀奇的东西，除却早晚交通高峰时间，一般也就两三个乘客。

不过，这终究是念高中时的情况了。交通情况因故改变的情形肯定也是有的，所以才上午十一点还这么座无虚席。但不管怎样，都已和我不相干了。

我和表弟站在车厢最后面，分别手抓吊环和立柱。车厢漂亮得俨然刚刚出厂，金属部位一尘不染，座罩的**绒毛**都一丝不苟，漾出新机械特有的极易嗅出的味道。我大致审视了一遍车厢设施，尔后看侧壁齐刷刷排列着的广告。广告全是本地的：婚礼场馆、二手车销售中心、家具店等等，不一而足。光是婚礼场馆就有五个之多，此外婚姻介绍所和服装出租店各一个。

表弟再次抓起我的左手细瞧手表时间。我全然不能理解他何以如此关注时间，急办的事全然没有，医院约定时间是十一点十五分，看这光景还能多出三十来分钟。可能的话，真想让时针快点推进。

但我还是把表盘对着表弟让他看个够，然后抽回手腕，查看驾驶席后面贴的车费表，准备零钱。

"一百四十元。"表弟确认道，"是医院前那里吧？"

"是的。"我说。

"零钱可有的？"他有些不放心地问。

我把手里的零钱"哗啦哗啦"放进表弟手中。表弟把一百元的、五十元的、十元的仔细分开计算，结果正是二百八十元。

"有二百八十元呢。"

"拿着。"我说。

他点头把钱攥在左手。接下去我一直眼望窗外景致。每个都有印象，让人感到亲切。新公寓、市民会馆、餐馆等诚然不在少数，但整体街景的变化要比我预想的温和得多。表弟也和我同样眼望外面的风景，但他的视线就好像探照灯一样到处游移不定。

有三个站没停就过去了，这时我突然发觉车厢里似乎有什么不大对头。最初意识到的是说话声调，声调总好像单调得异乎寻常，既非许多乘客七嘴八舌，又不是声音特别大，然而大家的语声就好像被风刮到一起似的老实不动——是它在不自然地刺激着某部分听觉。

我依然右手抓住吊环，转动身体，以若无其事的样子打量乘客。从我们的位置看到的几乎清一色是乘客的后脑勺，不过一眼看去，并无什么特殊变化，同普通的满员公共汽车一般光景。车厢新得闪闪发光这点倒是使得人们形象显得有些整齐划一，不过这也可能是我的神经过敏。

我周围有七八个老人聚坐一处，在低声谈论着什么，其中两个是女性。谈什么我听不清楚，不过从其悄然而又亲昵的语调听来，话题似乎是只有他们才晓得的零零碎碎的事情。他们年龄大约六十至七十五六之间，每人都带一个塑料挎包样的东西，或放在膝头或挎在肩上，也有人带个小背囊。看样子要去登山。细看之下，每人胸前都用别针别着一个同样大小的蓝缎带。所有人都身穿便于运动的衣服，脚蹬运动鞋，运动鞋看上去穿得很有些时日了。老人们如此打扮，往往给人以不伦不类之感，而他们却显得恰到好处。

奇怪的是——在我的记忆中——这条行车线根本不经过什么登山点。车爬上山坡，穿过绵延不断的住宅地段，通过我当时上的高中，经过医院门前，在山下绕一圈又下来，此外哪里也不去。车到达的海拔最高处建有住宅小区，那里到头了。我完全猜不出他们到底要去哪里。

最稳妥的可能是老人们坐错了车。他们从哪里上来的我不晓得，很难一口咬定。不过这一带爬往缆车站的公共汽车倒是有几路，因此错以为此车是开往那里的也并非不可能。

另一种可能是行车路线没准在我不知道的时间里整个变了。这也不是没有可能的，或者不如说这种可能性在概率上高得多。毕竟我已七年之久没乘这路车了，再说很难认为老人们会那么粗心大意上错车。想到这里，我陡然一阵不安，窗外景物也似乎同过去判然有别了。

这时间里表弟一直在察看我的神色。

"在这儿等一下，"我冲着他的左耳说，"去去就来。"

"怎么了？"他担心地问。

"不怎么，去看一眼停车站。"

我穿过通道，移至驾驶席后，细瞧显示板上繁琐的线路图。我首先确认"28"即此车线路编号，然后找出我们刚才所乘私营铁路列车站前的那个车站，再顺此路线逐个核对停车站。哪个站名都很亲切，和过去是同一线路，有我上过的高中名称、有医院、有住宅小区，车在此转向，爬下另一面斜坡，返回和来时同样的路线。没错。错也是他们错。我舒了口气，转过头，准备折回表弟那里。

这时我才终于明白笼罩车内的奇妙气氛的起因——除了我和表弟，汽车乘客无一例外全是老人，简直就像他们包的车。他们一律带着皮包，胸前别着蓝缎带，而且三五成堆地一齐谈论着什么。我手扶立柱，茫然地望了他们一会儿。老人们一共四十来个，个个面色红润，腰身笔直，精神矍铄。倒也不是说特别奇怪，但总觉得情景有点近乎虚拟，大概是此前我从未有过被老人包围的体验之故吧，也只能这样想。

我从通道往回走。坐着的老人们只顾忘我地谈他们自己的事，谁都没有注意到我这一存在。我和表弟是车内仅有的异己分子这点在他们看来似乎怎么都无所谓，或者人家根本就没有意识到也未可知。

隔着通道而坐的两个穿连衣裙的小个子老太太双脚抬离地板，打横伸向通道。两人直挺挺地伸出的双腿像波浪一样上下缓缓摇动。我闹不明白两人何苦如此，可能只是一种游戏，无甚意思可言，也可能在做登山准备。我躲开两双朝通道支出的网球鞋，返回最后面表弟那里。

我的返回看样子使表弟舒了口长气。他右手抓吊环，左手紧攥硬币，静等我回来。老人们如淡淡的影子围在他四周。但在他们眼里，说不定我们才是影子，我蓦然觉得。对他们来说，真正活着的是他们自己，我们则如幻影。

"这路车没错？"表弟不安地询问。

"当然没错。"我若无其事地回答，"毕竟高中时代每天都坐它上下学来着，不可能错。"

表弟听罢，一副很释然的神情。

我再未开口，就那样让吊环承受着体重，看了一阵子这伙老人。他们都晒得恰到好处，连后颈都黑了，而且都瘦，无一例外，胖老人一个都没掺和进来。男的大多身穿登山用的法兰绒衬衣，女的基本上是没有多余装饰的素雅的连衣裙。

他们究竟属于何种团体呢？我全然摸不着头脑，也许是远足或郊游俱乐部的吧。问题是一个个老人的神态举止实在过于相似，感觉上简直就像把分门别类排列好什么样品的抽屉抽出一个直接拿了来。脸形也好体形也好说话方式也好服装情趣也好，没一样不相似。虽说如此，给人们的印象又不模糊，并非每个人都缺乏个性或特征。老人们个个具有绝不含糊的存在感，个个那么健康血色那么好那么晒得可观，个个整洁利落一副雷厉风行的派头，所以不能一把抓地混为一谈。只是他们之间有着某种共同的类似调门的什么，例如社会地位啦思考方法啦行动模式啦成长背景啦——便是这许多东西浑然一体形成的调门，而这调门就好像隐约的耳鸣控制着整个车厢。声音绝不至于令人不快，但终究异乎寻常。

不说别的，他们想坐这路车去哪里就无由得知。我很想问离我很近的老人打算去哪儿，却又觉得未免寻根问底，转念作罢。纵使是老人，但也是像模像样的团体，一般很难设想会乘错公共汽车。何况就算万一乘错，车是环行线，转一圈折回原地就是，无论哪种情况都还是别多嘴为好。

"这次治疗会痛么？"表弟问我。

"会不会呢？"

"你找过耳医？"表弟问。

我想了想，记忆中没找过耳医。一般医生都找过，唯独没找过耳医，所以完全搞不清耳医到底怎么治疗。

"以前相当痛来着?"我试着问。

"倒也不是。"表弟说,"不过痛的时候也是有的。好多玩意儿捅进去,又捅又洗的。当然是说偶尔。"

"那么,这回怕也差不多。听你母亲说,和以前好像也没多大区别。"

表弟叹口气,仰视我的脸:"要是和以前一个样,不可能治好的,是吧?"

"那不一定。"我说,"偶然碰巧的时候也有的嘛。"

"就像瓶塞一下子拔了出来?"表弟问。

我扫了一眼表弟,看不出是在挖苦我。

"面对的人换了,心情也跟着换的。治疗作业的一点点不同有时都有很大意义。轻易不要泄气。"我说。

"也不是泄气……"

"烦了?"

"算是吧。"表弟说,"还害怕,真的,怕痛。想象的痛要比实际的痛难以忍受,这个你可明白?"

"当然明白。"我说,"都是普通人嘛。"

他依然右手抓住吊环,咬着左手小指指甲。"我想说的是这么回事,就是说,假如我以外的什么人感到疼痛而又给我看见的话,那么我就会想象他人的疼痛——我想我会感到难受。不过,如此这般想象的痛和那个人真正体验的痛还是有所不同的。倒是表达不好。"

我朝表弟点了几下头:"嗯,因为痛这东西是最为个人化的东西。"

"这以前你觉得最痛的是怎么个东西?"

"我?"我有点吃惊。我还从未设想过会有人这么问。痛?"肉体上的痛?"

"是的。"表弟说,"可曾痛得无法忍耐?"

我双手抓吊环,一边怔怔地望着外面的景致一边思索。

痛?

思索片刻,我发觉自己身上几乎没有关于痛的记忆。当然痛的遭遇是有过几次的,一次骑自行车摔倒了磕断牙,一次差点儿被狗咬穿手,但痛本身究竟为何物却一个也记不准确。我张开左手,查找狗咬过的痕迹,不料伤痕消失得干干净净,连伤痕曾在的位置都无从确切记起。随着时光的推移，许多东西都将荡然无存。

"想不起来。"我说。

"可痛是有过很多回的吧？"

"那是。"我说，"活的年头多，痛也相应地多嘛。"

表弟做了个略微耸肩的动作，再次沉思起来。"真不想上什么年纪的，一想到以后要左一次右一次经受各种各样的痛苦。"他将左耳略略对着我这边说道，而眼睛则盯视着歪斜的吊环对面，活像一个盲人。

那年春天接连发生了好多令人心烦的事。干了两年的公司工作辞掉了，离开东京，返回老家。原打算办完事马上回京找新工作，不料在家里悠悠然拔院子的草修整围墙的时间里，突然对许多事厌倦起来，回京日期便一天天拖延下来了。故乡这座城市本身已不再有任何魅力。去海港看船，满腑满肺吸入海风，大致转罢往日常去的店铺，就再也没什么可干了。从前的朋友一个也没留下。城市已不如往日那么吸引人、那么有刺激性，它呈现在我面前的景物自是形形色色，但哪一样都像是徒有其表的硬纸壳粘贴的手工艺品。总之原因在于我年龄大了，但不尽如此。正因为不尽如此，我才没有回京，一个人整天拔院子里的杂草、歪在檐廊里翻看旧书或修理电烤箱，如此一天天呆愣愣地打发时光。

如此时间里，姑母来了，说表弟准备去一家新医院，求我一开始陪他跑几次。一来医院就在我读过的高中附近，怎么去自然清楚，二来反正无所事事，作为我也没有异议。姑母给了我意外多的零钱，叫用来吃饭，大概以为我失业缺钱花吧。不管怎样，反正不是麻烦事，我便庆幸地接过了。

直截了当地说，表弟新换一家医院是因为以前那家医院治疗毫无效果。不仅没效果，而且耳聋周期比过去还来得频繁，姑母为此抱怨了医生几句，医生说病因恐怕在于你们的家庭环境，于是吵了起来。

不过，谁也没指望换一家医院表弟的耳朵就会马上好转。对于他的耳朵，看样子周围人——当然没说出口——已经不抱任何希望了，表弟也似乎是这个意思。

并不是说我和表弟很早以前就特别要好。两家离得倒是挺近，但由于年龄相差很大，没有多少来往。尽管这样，大家还是把我和表弟看作一对,也就是说看上去他亲近我,而我也疼爱他,至于何以如此看,我始终不得其解,因我觉得我和表弟之间不存在什么共同点。

但此时看见他这么歪起脖子把左耳一动不动地对着我的样子,我奇妙地为之心动。他那夸张得有些笨拙的一举一动就像很久以前听过的雨声,让我感到十分亲切,于是我多少明白了为什么亲戚们把我和他联系在一起。

"嗳,什么时候回东京?"表弟问。

我像要舒解**酸胀感**似的轻轻摇头。"这——,什么时候呢?"

"不急吧?"

"不急。"我说。

"工作不干了?"

"不干了。"

"为什么?"

"因为没意思。"我笑笑。

表弟略显困惑,随即也笑了,换另一只手抓吊环。

"钱没问题吧,不工作的话?"

"迟早会有问题吧。眼下不要紧的,有存款,辞职不干时还多少得了点儿钱,暂时不成问题。成问题时再干不迟,在那之前先轻松轻松。"

"不错啊。"

"不错。"我应道。

车厢里嘈杂的说话声一直没有停顿。哪个站车也没停,每次快到站时司机都报出站名,但谁也没按停车钮。哪个站名都没人感兴趣,也没新乘客上来。公共汽车在没有信号灯的徐缓的坡路上爬个没完没了,路面又宽又平,虽然拐来拐去,但几乎不晃不颠。每次改变方向,初夏的风都穿过车厢。老人们对自己的交谈如醉如痴,外面的风景全然不屑一顾,风吹动头发、帽檐和围巾也不以为意,看来他们已经彻底放心地委身于公共汽车了。

车驶过七八个停车站时,表弟露出了不安的神色。

"还往前?"

"嗯,还往前。"我说。我对窗外景物有印象,没感到不安,不过车开得比我记忆中的快得多。大型新公共汽车一如狡猾的动物紧紧贴着柏油路面,带着沉闷的响声向上爬行。

表弟又看我的表。他看罢，我也看了一眼：十时四十分。到处静悄悄的，几乎不见车踪不见人影。上班高峰已经过去，是主妇们还没购物前的住宅区的短暂沉寂，车几乎是一路不停地穿过了住宅区。

"对了，你要在我父亲的公司做工？"表弟问。

"不，"我清理着思绪，"不是的，没那个打算。怎么？"

"只是忽然觉得。"表弟说。

"听谁说过？"

表弟摇摇头。"不过那不挺好的？可以一直待在这里。再说人手又缺，大家肯定欢喜的。"

司机报出站名。无人回应。车没有减速，径直开了过去。我仍然拉着吊环眼望熟悉的街景。胃里像有空气聚集，闷乎乎的。

"不太适合我的。"我说。怔怔地注视着外面的表弟急忙转过左耳。

"工作不对路。"我重复说。如此说罢，我担心表弟因此受到伤害，不过没办法，又不好说谎。假如我这并非失言的说法以别的形式传到姑父耳里，势必引起不必要的麻烦。

"没意思？"表弟问。

"有没有意思不清楚，不过我有别的事要干。"

"呃。"看样子他多少领悟了，没再问我要干的是什么事。我也好表弟也好接下去一直缄口注视着外面的景致。

车在山坡上越爬越高，人家越来越少，郁郁葱葱的巨树枝叶开始把浓重的阴影投向路面，洋人那围墙低矮院子宽大的涂漆住宅也闪入了眼帘。风带有丝丝凉意。回头望去，海在眼下时隐时现。我和表弟始终用眼睛追逐着这样的风景。

我们在医院前下车时，老人们仍然唧唧喳喳说个不停，几个人放声大笑，似乎其中有个老人说话风趣。四周一直笑声不断。我按一下吊环旁边的停车钮，向表弟示意下车，朝车门移动。几个老人往我们这边扫了一眼。大部分人对停车和我们下车毫无兴趣。我们脚一落地，车门便随着空气压缩机声在身后关上。满载老人的公共汽车爬上斜坡，拐个大弯消失了。我到最后也没弄明白老人们究竟要去哪里。

我茫然目送汽车离去的时间里，表弟也以同样姿势站在我身边。他的左耳一直对着我，以便随时能听清我的说话。对他这样子我还没有习惯，觉得有点别扭，好像自己总在被人需求。

"好了，走吧。"说着，我拍了拍表弟的肩。

到了预约时间，表弟走进诊室。见他进去后，我乘电梯下到一楼，进入餐厅。展示柜里的食物样品哪一样都像没滋没味，可我毕竟肚子饿了，便要了一份薄饼和咖啡。端来后一尝，咖啡味道倒是不坏，但薄饼实在有点提不起来，凉冰冰水津津的，甜馅又太甜。我好歹把一半塞进喉管，剩下的再无法下咽，便把盘子一推了事。

也因为是平日上午，餐厅里除了我只有一家老小。四十五六光景的父亲是住院患者，母亲和两个小女孩是前来探望的。小女孩是对双胞胎，穿着一般大小的连衣裙，双双像趴在桌上似的喝着橙汁。父亲不知是受伤还是患病，反正似乎不太严重，父母也好孩子也好无不一副百无聊赖的神情。没人说话。

窗外舒展着一大片草坪，草坪修剪得整整齐齐，一条铺沙甬路从中穿过，到处有喷水龙头团团旋转着往草坪上洒水。两只高声鸣叫的长尾鸟笔直地掠过上方，从视野里消失了。宽阔的草坪前面有一个网球场和一个篮球场。网球场好端端地拉着网，却空无人影。

沿着网球场和篮球场是高大的榉树，墙一样一字排开，从树叶间可以望见海。由于枝繁叶茂，水平线无法看清，唯见点点处处有微波细浪光闪闪地反射着初夏阳光。

紧挨窗下有个用铁丝网围起来的家畜窝棚。小棚分五部分，原本大概饲养着好多种动物，如今剩下的只有山羊和兔。山羊一只，兔一对。兔却是褐色的，正忙不迭地嚼食青草。山羊似乎脖后发痒，一个劲儿往缠着铁丝网的柱子上蹭脖子。

我觉得很久以前似乎在哪里见过同样的光景：有宽阔草坪的院落，有海可以望见，有网球场，有兔和山羊，双胞胎女孩啜着橙汁⋯⋯但那是错觉。我来这家医院是第一次，院落、海、网球场倒也罢了，就连兔、山羊和双胞胎女孩也会同样出现在别的地方——很难设想会有这等事。

喝罢咖啡，我把双腿一齐搭在对面椅子上，闭目合眼，深深吸了口气。厚墩墩的黑暗中现出疙瘩样的东西，那是轮胎形的气团，如显微镜下的微生物一般一胀一缩。奇妙的东西。

片刻睁眼一看，一家四口已不见了，餐厅里只剩我一人。我点燃香烟，像无聊时经常做的那样定定地注视烟圈。吸罢一支烟，喝一口杯里的水，重新合起眼睛。然而，即使合起眼睛，刚才产生的似曾相识之感也还是清楚地留在脑海。

说来真是怪事。我最后去那家医院都已过去八年了，且是靠近海边的一座外观截然不同的医院。那医院也有餐厅，但从餐厅窗口只能看见夹竹桃。老医院，总有一股下雨味儿，因此不应该同这里混淆起来。

那年夏天我十七岁。那一年此外发生了什么事呢？我试着想了半天，全然无济于事。不知为什么，一件也想不起来。那年同班的几个家伙长相倒是一下子想起来了，但至此卡住，同任何事任何情景都无法直接连在一起。

不是说记忆无存。莫如说记忆满满塞了一脑袋，问题是不能把它顺利曳出脑外，或者不如说有一种类似控制装置的东西把好不容易从脑袋小孔里爬出的记忆弄得支离破碎，恰如用剪刀剪断蜥蜴。反正那年夏天我十七岁，同朋友两人去一家海滨老医院。他的女友住进那里做胸腔手术，我们去看她。

说是手术，但也不是大不了的手术。天生有一根肋骨略略内移，要把它矫正过来——记得是这么回事。并非必须马上做，但既然要做，年纪大了再做就不易忍受了，于是趁暑假期间做完了事。手术本身转眼即告结束，但一来由于骨的位置靠近心脏，医生要观察术后恢复情况，二来作为她也想借住院之机顺便全面检查一番，结果在那里差不多住了两个星期。

我俩一起坐一辆雅马哈 125CC 摩托赶往医院。去时他开，回程我开。我说我不乐意去探望哪家子朋友的女友，可他死活求我一块儿去。"一个人去医院，见面不知说什么好。"他说。我也好他也好从没去过什么医院，全然想象不出医院是怎么一个东西。

半路他进一家糖果店买了盒巧克力。我一手抓他的皮带，一手紧攥巧克力盒。天热得厉害，我们的 T 恤出汗出得一塌糊涂，又被风吹干，如此反复不止，结果发出一股猪圈味儿。朋友一边开摩托，一边不停地唱一首莫名其妙的歌。后座上的我被腋下的汗味儿熏得险些脑神经出故障。

跨进医院大门之前，我们把摩托停在海边，歪倒在那里的树荫下歇息。那时候海已经污染了，加上夏天即将过去，游泳的人寥寥无几。我们在那里大约待了十五分钟，吸烟、说话。我料想巧克力已化得黏黏糊糊，不过当时根本顾不上什么巧克力。

"你可觉得有些怪？"他说，"我是指两人现在这么待在这里。"

"不怪呀。"我说。

"不怪这点我也知道。"他说，"可我偏偏觉得怪。"

"比如说怪在哪里？"

朋友摇摇头："说不清楚。不过肯定是场所啦时间啦什么的。"

八年前的事了。那个朋友已经死去，现在不在了。

我拉开椅子立起，走到收款女孩那里买了张餐券，递给女侍应生，折回餐桌继续看海。第二杯咖啡上来，杯子旁边放有装在袋里的砂糖和装奶油的小小的塑料容器。我先把砂糖袋拿在手里，糖倒进烟灰缸，再浇上奶油，用烟头一直搅拌成泥状。至于何苦这么做，我也不清楚，或者不如说在那时间里我根本未意识到自己在这么做。看到烟灰缸里精砂糖和奶油和烟灰黏糊糊搅在一起，我这才意识到自己干了什么。时常如此，无法好好控制感情。

我像验证身体平衡似的双手捧起咖啡杯，嘴唇贴着杯边慢慢呷了一口，确认热咖啡由唇间至喉咙、由喉咙顺食管下移，确认自己好端端地安置于自己体内。我在桌上大大地摊开双手，又收起。看了一会儿手表的计秒数字从 01 变到 60。

不明所以。

若逐个列举，任凭哪一个都不是确凿的记忆，不是说特别发生过什么，无非朋友去医院探望女友而我陪他一起去而已。别的事一概没有，用不着特意冥思苦索。

她穿一件蓝睡衣，新的，蛮大的花纹，胸袋上绣着"JC"两个大写字母。我琢磨这 JC 到底意味着什么。就 JC 想得到的，不外乎 JUNIOR COLLEGE 或 JESUS CHRIST 了。但 JC 结果是商标的名称。

我们三人坐在餐厅桌旁，吸烟，喝可乐，吃雪糕。她甚是饥不可耐，多要了可可和两个甜甜圈，仍一副意犹未尽的样子。

"出院时要成猪了。"朋友说。

"管它，康复期嘛。"她应道。

他俩说话的时间里，我眼望着窗外的夹竹桃。极高大的夹竹桃，俨然一小片树林。涛声也传来了。窗口护栏已被海风吹得锈迹斑斑。天花板上吊着一台旧电风扇，左一圈右一圈搅拌房间闷乎乎的空气。餐厅里也是一股浓郁的医院味儿。吃的喝的都那么一股味儿。我是头一回来医院，在这种气味的笼罩中，心里泛起了无可名状的悲伤。

她睡衣上有两个胸袋，一个胸袋不知为什么插着一支圆珠笔，是车站小店卖的那种便宜货。从开成 V 字形的胸口可以看到未被太阳晒到的白皙的胸，想到那胸的里面或下端有一根骨被动过，心里不由有点怪怪的。

往下我干什么来着？喝罢咖啡，看罢夹竹桃，想罢她的肋骨，往下到底干什么来着？

我在塑料椅上挪动了一下身体，依然手托下巴，反复发掘无甚意义可言的记忆层，一如用细细的刀尖戳动软木瓶塞。

然而无论怎么回想，我的记忆都已在此"咔"一声中断。我想得起来的，到"她白皙的胸的肋骨"那里为止，再往前什么都没有。大概她肋骨给我的印象太强烈了，以致时间在那里滞留住了。

我想当时的我无论如何也难以接受为移动肋骨位置而任人切开皮肉。肉稍一切开，便有骨露出，把手伸到里面矫正位置，再将皮肉缝合，缝合的皮肉作为一个女人的皮肉重新发挥功能……

她当然没在睡衣下面戴乳罩，不可能戴那玩意儿。所以弯腰时才从 V 字领口闪出乳房之间平滑的肌肤。我随即闭目合眼。那时我不知道到底想什么好。

平滑的白皙肌肤。

对了，我们讲性爱来着。主要由朋友讲，他添油加醋讲了我的一次受挫经历，讲得相当露骨。说我花言巧语把一个女孩用摩托带到海边，要脱她衣服如何如何。其实也不是什么了不得的事件，但由于他讲得有趣，我们都笑了。

"别逗人家笑嘛，一笑胸还痛的。"她边笑边说。

"哪里痛？"朋友问。

她把手指按在心脏稍稍往上、左乳房略略偏内那里。朋友就此说了句什么，她又笑了。我也笑着点燃一支烟，然后望外面的风景。

我看看表：十一时四十五分。表弟仍未返回。也是因为快到午饭时间了，餐厅里渐渐人多起来，其中几个身穿睡衣，头上缠着绷带。咖啡味儿、午餐的汉堡牛肉饼味儿充斥四周。一个小女孩儿拼命向母亲诉说着什么。

我的记忆力彻底进入酣睡状态。嘈杂声恰如平飘的烟雾在齐眼高的位置游移。

我的头时不时被极为单纯的事项搅成一团乱麻,例如人为什么生病啦,肋骨有一点点错位啦,耳朵里的什么稍微变形啦,某种记忆被胡乱塞入脑袋啦,人有病啦,病菌侵入身体眼睛看不见的小石子钻进神经间隙皮肉融化骨头裸露啦,以及她睡衣口袋别着一支廉价圆珠笔啦……

圆珠笔。

我再次闭起眼睛,深吸一口气,用两手的手指捏住咖啡匙两端。嘈杂声比刚才有所减弱。**她手握那支圆珠笔,在纸巾背面画着什么**。她为此俯下身子,我得以瞧见她乳房间白皙平滑的肌肤。

她在画画。纸太软了,刮在圆珠笔尖上,但她还是画得出神,画到中间搞不清顺序了,便停下手,咬住圆珠笔的蓝塑料笔帽。没太用力咬,轻轻的,不至于留下齿痕。

她画了座小山,形状蛮复杂的山,感觉上似乎是古代史插图中出现的那种。山上有座小房子,房里睡着一个女子,房四周茂密地长着**盲柳**。盲柳使她沉睡。

"盲柳到底是什么？"朋友问。

"有那么一种柳嘛。"她说。

"没听说过。"朋友道。

"我造的么。"她说，"沾满盲柳花粉的小苍蝇从耳朵钻到里边让女的昏睡。"

她拿过一张新纸巾，在上面画一棵大些的盲柳。盲柳是杜鹃花大小的灌木，开花，花被厚绿叶里三层外三层地围着，叶形宛如一束蜥蜴尾巴。除了树叶尖细这点，其他的看上去全然不像柳树。

"有烟吧？"朋友问我。

我隔着餐桌把一盒短支"希望"和火柴扔过去，他抽一支点燃，又扔还给我。

"盲柳外观虽小，可根子很深，你很难想象有多深。"她解释说，"实际上，到达一定年龄后，盲柳就不再往上长，而一个劲儿往下伸，把黑暗当作营养。"

"而且，苍蝇运来花粉，钻入耳朵，让女的睡觉。"朋友说，"那么苍蝇要干什么？"

"钻进女的体内吃肉，还用说。"她回答。

"吧唧吧唧。"朋友说。

对了,那年夏天她还写了一首关于盲柳的长诗,向我们介绍了诗的梗概。那是她暑假里唯一的作业。她以一天夜里做的梦为基础编出情节,在床上花一个星期写成长诗。朋友提出想看,她没给,说细小地方还没改,转而画图介绍梗概。

为了看望因盲柳花粉而昏睡不醒的女子,一个小伙子爬上山岗。

"是我吧,肯定。"朋友插嘴打诨。

她微微一笑,继续下文。

他拨开密密麻麻遮蔽山道的盲柳,往山岗上爬。自从盲柳蔓延开来,小伙子是第一个爬这山岗的人。他低低拉下帽檐,一边用一只手驱赶苍蝇一边沿斜坡往山顶上爬,等等等等。

"最后,少女的身子给苍蝇吃光了吧?尽管他千辛万苦爬到小房子那里。"朋友问。

"在某种意义上。"她回答。

"在某种意义上被苍蝇吃光,也就是某种意义上是件伤心事喽？"

"啊，算是吧。"她笑道。

"不过，那么叫人伤心的残酷故事，实在很难设想会让你们学校的修女高兴。"他说。她就读的是一所教会系统的女子高中。

"我倒觉得极有意思。"我第一次插嘴，"作为场景来说。"

她转向我莞尔一笑。

"吧唧吧唧。"朋友说。

表弟返回时已经十二点二十分了，脸上浮现出焦点对不上的呆愣愣的神情，单手拎一个装药的袋子，从出现在门口到走来我桌子前花了不少时间，走路的样子好像身体失去了平衡。他往我对面椅子上一坐，"呼——"一声出了口气。

"怎么样？"我试着问。

表弟以"唔"作答。

我等他开口，但怎么等也没动静。

"饿了吧？"我问。

表弟默默点头。

"在这里吃？还是坐公共汽车下到街里吃？"

表弟略一迟疑，四下打量一圈，说这里可以。

我招呼女侍应生要了两份套餐。表弟说喉咙干了，就加了个可乐。饭上来之前，表弟怅怅地望着窗外：海、榉树、网球场、喷水龙头、山羊、兔，等等。因为他一直把右耳对着我，所以我什么也没跟他说。

套餐好一会儿才端来。我很想喝啤酒，但医院餐厅里当然没有啤酒。无奈，我拿一根牙签把指甲根上刚生出的一层软皮捅得整整齐齐。旁边桌子上一对穿着整齐的中年夫妇一边吃意大利面，一边讲一个患肺癌的熟人——一天早上起来吐痰带血啦往血管里插进软管啦，如此这般。妻问，丈夫答。丈夫解释说，癌这东西乃一个人生活方式的方向性的浓缩。

套餐是汉堡牛肉饼和炸白肉鱼，另有色拉、面包卷和汤。我们一声不响，闷头吞食。喝汤、撕面包、涂黄油、用叉子戳色拉、往牛肉饼上动刀子、把配在一起的意大利面卷起放进口中。这时间里邻桌夫妇一直在谈癌，丈夫就近来癌症何以急剧增加耐心地解释个没完。

"现在几点？"表弟问。

我弯起手臂看一眼表，又吞了口面包。

"十二点四十分。"我说。

"十二点四十分？"表弟重复一遍。

"原因好像查不明白。"表弟说，"搞不清为什么听不见，说也没什么特别不正常的，查不出来。"

"呃。"

"当然今天是头一次，只是大致做一下基础性检查，详细情况还什么都不清楚……不管怎样，治疗都像要拖下去。"

我点点头。

"医生那种人都一样，哪里的医院都一样。一有弄不明白的，就统统推给别人。查耳孔、照 X 光、测听力、做脑电图，结果要是找不出什么不正常的地方，最后就一切怪我不好。既然耳朵没毛病，那么大约就是我这方面有毛病了——始终这个样子，千篇一律。所以大家都怪我。"

"可听不见是真的吧？"我问。

"嗯，"表弟说，"当然是真的，不是说谎。"

表弟稍歪起脖子瞧我的脸。看来他对自己被怀疑几乎无动于衷。

我们坐在公共汽车站长凳上等回程车。车来差不多还有十五分钟，我提议是不是慢慢往下走两站，反正是下坡路。表弟说在这儿等。"反正不是坐同一路车么？"他说。那倒也是。附近有酒铺，我把钱给表弟，让他买来一听易拉罐啤酒。表弟仍喝可乐。依旧是好天气，依旧是五月的风。我忽然觉得，闭上眼睛"啪"一声拍下手，再睁开时说不定很多景况都会焕然一新。这大概是因为风像一把奇怪的锉刀一样吹在紧贴于我皮肤的种种存在感上。如此说来，很久以前我就经常有类似感觉。

"不过你那么认为？认为耳朵有时听见有时听不见是神经性的东西造成的？"表弟问。

"我不明白。"我说。

"我也不明白。"

表弟摆弄了一会膝盖上的药袋。我一小口一小口地啜着五百毫升装易拉罐啤酒。

"是怎样听不见呢？"我问。

"是这样，"表弟说，"就好像收音机的调频变糟了似的。声波一上一下地渐渐变小，最后消失。消失一会儿，声波再次一上一下地步步凑近，于是大体听得见了。当然同正常时候相比声音要小得多。"

"是够受的啊。"我说。

"你是指一只耳朵听不见？"表弟问。

"这个那个的。"我答道。

"可是你不会真正体会到的——究竟够受到什么程度。就是说，同耳朵听不见声音没有直接关系的离奇事都意外地够人受的，非比一般。"

"唔。"

"要是你有我这样的耳朵，肯定会对很多很多事都动不动就吃惊的，我想。"

"噢。"

"这么说，不像有点自吹？"

"哪里。"我说。

表弟摆弄着药袋又沉思了一阵子。我把剩下的三分之一啤酒倒进水沟。

"看过约翰·福特[1]那部名叫《一将功成万骨枯》的电影?"表弟突然问。

"没有。"

"上次在电视上看来着。"表弟说,"有趣的电影。"

"呃。"

医院大门开出一部绿色进口跑车,向右拐开下坡去。我们看着它开下。跑车里坐着一个中年男人。车在太阳光下很惬意地闪着光,看上去极像发育过头的巨虫。我边吸烟边思考癌症,继而思考被浓缩了的生活方式的方向性。

"那部电影嘛,"表弟继续道。

"唔。"

"开头那里,要塞来了一位有名的将军,来视察什么的。"他开始讲《一将功成万骨枯》。

"呃。"我应了一声。

"老少校——就是约翰·维恩——出门迎接将军。将军从东部

---

[1] John Ford(1895—1973),美国电影导演。

来，不太了解西部战况，就是关于印第安人的事。印第安人在要塞四周发动叛乱。"

"唔。"

"所以将军一到要塞，约翰·维恩就出来迎接：'欢迎光临里奥格兰德要塞！'将军这样说道：'来这里路上看见几个印第安人，须注意才好。'对此约翰·维恩是这样回答的：'没关系。阁下能够看见印第安人，说明其实没有印第安人。'准确台词记不得了，大致是这样的。明白怎么回事？"

我吸了一大口烟，吐出。

"任何人眼睛都能见到的事是不那么紧要的——是这样的吧？"我说。

"是的吧？"表弟说，"意思不大明白。只是，每当因为耳朵被人同情时，我总是想起电影里的这个场面——'能够看见印第安人，说明其实没有印第安人。'"

我笑了。

"奇怪？"表弟问。

"奇怪。"我说。

表弟也笑了。

"喜欢电影？"我问。

"喜欢。"表弟说，"不过耳朵差劲儿时几乎不看。倒也不是看了很多很多部。"

"耳朵恢复时去看电影好了。"我说。

"是啊。"表弟的样子不无释然。

我觑了眼表：一时十七分。还有四分钟车来。我扬脸怔怔地看天。表弟拉过我的手腕看表。看天当中以为四分钟过了，一看表实际只过去两分半。

"嗳，"表弟说，"能看看我的耳朵？"

"为什么？"我说。

"没什么。"表弟说。

"好的。"

他朝后坐过去，把右耳转给我。表弟头发短，耳朵一目了然。耳形蛮好。整个看来耳朵不大，唯独耳垂厚墩墩地鼓起。已经许久不曾这么好好地看谁的耳朵了，细看之下，耳朵总好像有不可思议之处，在意料不到的地方拐来拐去，凹凸不平。耳朵的形状何以如此变化多端呢？我很难理解。或许在追求聚音和防护等功能的过程中自然而然地形成如此外形的。

在这种曲曲弯弯的耳壁包拢下，一个黑洞赫然闪出。耳洞本身倒没什么特异之处。

"可以了。"我查看一遍说。

表弟霍地转回身，在长凳上坐好。"怎么样，可有反常的地方？"他问。

"从外面看来，什么不正常都没有。"我说。

"比如感觉上有点什么没有——什么都没感觉到？"

"普普通通的耳朵，和大家的一样。"

"嘀。"表弟对我这么轻描淡写显得有几分失望，但我不知到底怎么说好。

"治疗痛不？"我试着问。

"痛不至于，和以前大体一样。"表弟说。"听力检测用的倒是新器具，其他都差不多。耳鼻科这地方，哪里干的都大同小异。一样的大夫，一样的提问。"

"唔。"

"以同一方式来回刮同一地方,真有点担心给刮坏了。都不像自己的耳朵了。"

我看一眼手表。公共汽车该来了。我从裤袋里掏出一把零钱,挑出二百八十元递给表弟。表弟又计算了一遍金额,很珍惜似的攥在手里。

我和表弟再没说什么,并坐在长凳上一边眼望坡路下方光闪闪的大海,一边等待车的到来。

沉默当中,我设想有可能盘踞在表弟耳中的无数微小的苍蝇——六条腿沾满花粉钻进表弟耳朵拼命吞食软肉的苍蝇。在这么静静等车的时间里它们也正往表弟浅粉色的肉里钻,吮吸汁液,把卵产在脑袋里,之后沿着时间阶梯缓缓向上攀登。任何人都没觉察出它们的存在,它们的身体实在太小了,振翅声实在太低了。

"28 路,"表弟说,"是 28 路车吧?"

一辆公共汽车拐过坡路右侧一个大弯朝这边开来。似曾相识的旧车型,车头牌子上写着"28"。我们从长凳上起身,扬起一只手向司机示意。表弟打开手心重数一遍零钱。我和表弟两人肩并肩地等着车门打开。

三个德国幻想

1　作为冬季的博物馆的色情画

性、性行为、性交、交合,以及其他任何说法——我从这类字眼、行为、现象中联想到的,总是冬季的博物馆。

——冬季的·博物馆——

当然,从性到冬季的博物馆之间有相当长一段距离。要换乘几次地铁、要穿过高楼大厦的地下室、要在哪里让过一个季节,颇费周折。不过,这些周折只是开头的不多几次,而一旦熟悉了这条意识线路,任何人都能转眼就来到博物馆。

不骗你,真是这样。

当性闹得满城风雨、交媾浪潮席卷黑夜的时候,我每每站在冬季的博物馆门口。我把帽子挂在帽挂上,风衣挂在衣挂上,手套叠放于桌角。又想起还缠着围巾，遂解下搭在风衣上。

冬季的博物馆绝非规模大的博物馆。藏品也好分类也好运营方针也好，大凡一切实在只是个人档次的。不说别的，这里甚至连贯性概念都没有。有埃及的神犬雕像，有拿破仑三世使用的量角器，有死海洞穴中发现的古代铃铛，但仅此而已。它们——无论哪一个——同任何地方都不发生关联，简直就像在饥寒交迫中紧紧缩起脖子的孤儿一般蜷缩在玻璃展柜里闭目不动。

博物馆内异常安静。到开馆时间还有一会儿。我把状似蝴蝶的钥匙从抽屉中拿出，用它来给门旁的挂钟上**发条**，将针拨到准确时分。我是在博物馆工作——我是说如果我没有理解错的话。

早晨静静的天光和无声无息的性行为预感像往常那样支配着博物馆的空气，一如融化了的杏仁巧克力。

我在馆内巡视一圈，拉开窗帘，最大限度地拧开暖气开关，然后把收费宣传册整整齐齐地摆放在门口桌子上。所需电灯一并插进插座。具体说来，就是用凡尔赛宫模型一按 A·6 电钮，国王居室的灯便亮了起来。饮用水冷却器的状态也得到了确认。欧洲狼标本要稍微往里捅捅，以免儿童小手够到。还要补充卫生间洗手液。这些作业即使不一一回想或考虑顺序，身体也会自行其是地处理妥当。不管怎么说——我表达不好——毕竟是我本身。

接下去，我走进小厨房刷牙，从电冰箱里取出牛奶，打开奶锅，用厨房原来配置的电炉加热。电炉也罢电冰箱也罢牙刷也罢当然都不考究，都是在附近家电小店和杂货铺里买来的，但放在博物馆里，甚至这类货色看上去都不期然地有了博物馆的派头，连牛奶都像是从古代牛身上挤出来的古代牛奶。我时常闹不明白：这应该说是博物馆侵蚀日常呢，还是应该说是日常侵蚀博物馆呢？

牛奶加热后，我坐在桌前一边喝着一边打开信箱里攒的信看。信分三个种类。一是事务性的，如水费单考古学研究会的会报希腊领事馆电话号码变更通知等等。二是来过博物馆的人写来的，信上有种种样样的感想、牢骚、鼓励和建议。我不由感慨，人们想到的东西真个五花八门。充其量不就是老皇历吗？就算美索不达米亚棺木旁边放有后汉时期的酒器，又能给他们带来什么不便呢！当博物馆不再困惑和混乱之时，人们又该去哪里寻找这样的搭配呢！

我把这两个种类的信不动声色地分别投进文件档，从桌子抽屉里拿出曲奇盒嚼了三块，把剩的牛奶喝了，然后打开最后一封信。

最后这封信是博物馆老板来的，内容简洁至极。卵黄铜版纸上用黑墨水写着指示事项：

① 36 号壶包好收进仓库。
② A·52 雕像座（无雕像）展示于 Q·21 展区。
③ 76 展区电灯泡更新。
④ 下月闭馆日期明示于门口。

我当然按指示行事。36 号壶用亚麻布包起收进里面，而将 A·52 雕像座拼死拼活拖将出来，登上椅子把 76 展区的电灯泡换成新的。雕像座不但沉重，样式也不可取；36 号壶则受好评；电灯泡仍同新的无异。然而这上面没有我置喙的余地。我遵命处理完毕，又把牛奶杯和饼干盒收拾妥当。开馆时间眼看就到。

我在卫生间镜前梳理头发，矫正领带结，确认阴茎好端端地勃起。无任何问题。

☆ 36 号壶

☆ A·52 雕像座

☆ 电灯泡

☆ 勃起

性如潮水一般拍打博物馆的门。挂钟的时针刻画出上午十一时的锐角。冬日的阳光低头舔着地板，一直舔到房间正中。我缓步穿过大厅，摘开门钩，开门。开门那一瞬间，一切为之一变：路易十四居室的灯盏闪亮，奶锅不再失去温度，36号壶沉入果冻状无声无息的睡眠中。我头顶上有好几个心烦意乱的男人发出皮鞋声，声呈圆形。

我放弃理解别人的努力。

有人站在门口。但那怎么都无谓了，门口的情况也好什么也好我根本不予理会。因为，一旦我开始考虑性的事，我们便总是在冬季的博物馆里如孤儿蜷作一团一般寻求温暖。奶锅在厨房里，曲奇盒在抽屉里，我在冬季的博物馆里。

2　赫尔曼·戈林要塞 1983

赫尔曼·戈林在掏空柏林的山体构筑巨大要塞时到底想的是什

么呢？他整整掏空了一座山，用钢筋混凝土将里面浇注得结结实实。那座山俨然不吉利的白蚁塔，轮廓清晰地矗立在淡淡的暮色中。沿着陡峭的山坡爬上要塞顶端，我们可以站在那里将东柏林市区尽收眼底。盘踞四方的炮台理应捕捉到逼近首都的敌军动向，并给予迎头痛击。任何轰炸机都无法毁坏要塞厚厚的铠甲，任何坦克都休想爬上顶端。

要塞中备有足够两千名 SS[1] 作战部队坚守数月的食品、饮用水和弹药。秘密地下通道如迷宫一般纵横交错，巨型空调机往要塞里输送着新鲜空气。即使俄军英美军包围首都，我们也不会败北，戈林夸下海口，我们活在永不陷落的要塞中。

然而，一九四五年春俄军以季节最后的暴风雪之势闯入柏林市区时，赫尔曼·戈林要塞始终缄默不语。俄军尝试用火焰发射器焚烧地下通道，企图用高性能炸药将要塞一举报销，可是要塞没有报销，只不过水泥壁出现裂纹而已。

"俄国人不可能用炸药摧毁赫尔曼·戈林要塞。"一个东德青年笑道，"俄国人能摧毁的无非是斯大林铜像罢了。"

---

1 德语 Schutzstaffel 之略，纳粹党卫军。

他在柏林街头来回转了好几个小时，把一九四五年柏林战役的痕迹一一指给我看。我全然不晓得他是据何理由认为我对柏林战痕感兴趣的，他热心得简直令人吃惊。而这时再说明我的本意又未免欠妥，于是整个下午都跟在他身后在街上转来转去。我和他是那天午餐时间在电视塔附近的自助餐馆里偶然相识的。

但不管怎样，他的导游做得实在老到，深得要领。跟在他后面四处参观柏林战痕的时间里，渐渐觉得即使别人说战争在几个月前刚刚结束也未尝不可相信。满街弹痕累累，历历在目。

"喏，你瞧，"他指着一个弹痕说，"俄军与德军的子弹一目了然：像削凿墙壁一样钻下去的是德军子弹，'扑哧'一声栽进去的是俄军的。造法不同，截然不同。"

在我这几天遇见的东柏林市民当中，他讲的英语最容易懂。

"英语讲得好漂亮啊。"我夸奖道。

"当过一阵子船员。"他说，"古巴去了，非洲去了，黑海也住了很久，所以学会了英语。现在倒是当建筑工程师。"

走下赫尔曼·戈林要塞的山坡，又在街上逛了一会儿，之后我们走进菩提树大街（Unter Den Linden）的一家老啤酒馆。也许是星期五晚上的关系,啤酒馆里挤得一塌糊涂。

"这里的炸鸡块很有名。"他说。

于是我要了带米饭的炸鸡块和啤酒。炸鸡果然好吃,啤酒也够味道。房间里很暖和,嘈杂声也令人舒坦。

我们桌的女侍应生漂亮得百里挑一,泛白的金发,蓝色的眼睛,腰肢紧紧收起,笑脸妩媚动人。她以俨然在赞美巨大阳物的姿势抱着带把的扎啤酒杯朝我们桌走来。她使我想起我在东京认识的一个女子。脸并不相像,别的也没什么相像的,然而两人偏偏有个地方息息相通。大概赫尔曼·戈林要塞的余影让她们在黑暗的迷宫中擦肩而过。

我们喝了相当够量的啤酒。时针即将指向十点。必须在半夜十二点前返回弗里德里希大街的 S-Bahn 车站。我的东德旅行签证期限到十二点截止,哪怕过期一分钟都将遭遇极大的麻烦。

"郊外有一处激战遗址……"他说。

我正出神地看着女侍应生,小伙子的话没能入耳。

"对不起。"

他重复一遍:"SS 同俄军坦克正面碰撞是柏林战役的真正鏖

战。地点是铁路调车场旧址,遗迹如今仍清晰可见。还有损坏的坦克零部件。我跟朋友借辆车,转眼就能到。"

我看着小伙子。他脸形偏长,身穿灰色灯芯绒上衣,双手平放在桌上,手指修长,光溜溜的,看不出是船员的指头。我摇头道:"十二点之前必须返回弗里德里希大街的车站,签证到期了。"

"明天如何?"

"明天上午要去纽伦堡。"我说了个谎。

青年显得有点失望。极其疲惫的神色掠过他的脸。

"若明天方便,我的女友和她的女伴们我想是可以一起去的。"他自我辩解似的说。

"遗憾啊。"我说。我觉得像有一只半热不凉的手在攥紧自己体内的神经束。我不晓得如何是好。在这触目皆是弹痕的奇妙城市正中,我全然一筹莫展。过了一会儿,那只半热不凉的手终于如退潮一般撤出了我的体内。

"赫尔曼·戈林要塞厉害吧?"说着,青年静静地漾出了笑意。"四十年了,谁都奈何它不得。"

站在菩提树大街和弗里德里希大街的十字路口，可以清楚地望见好些景物：北面有 S-Bahn 车站，南面有查理检查站（Checkpoint Charlie），西面有勃兰登堡门，东面有电视塔。

"不要紧，"小伙子对我说，"从这里慢慢走，十五分钟也走到 S-Bahn 站了。不要紧吧？"

我的手表指在十一点十分。"不要紧。"我像说给自己听似的说道。旋即我们握手告别。

"没能领你去调车场，遗憾呐，还有女孩子。"

"是啊。"我附和道。不过对他来说，到底遗憾什么呢？

我一个人沿着弗里德里希大街往北走去，边走边想象一九四五年春天赫尔曼·戈林想的是什么。不过，一九四五年春天所谓千年帝国的帝国元帅想什么也罢不想什么也罢，说到底任何人都无从知晓了。他所钟爱的漂亮的海因克尔 117 轰炸机编队在乌克兰荒野留下数百具白骨，恰如战争本身的尸骸。

3　赫尔 W 的空中花园

我第一次被领来赫尔 W 的空中花园是十一月间一个大雾笼罩的

清晨。

"什么也没有。"赫尔 W 说。

果真什么也没有,仅一座空中花园孤零零地浮在雾海之上。空中花园长约八米宽约五米,除去其为空中花园这一点,同普通庭园毫无区别,或者不如说以地面标准来看,显然是个三等品。草坪不三不四,花木品种不伦不类,番茄蔓干干巴巴,四周连个篱笆也没有。白色园椅白给都没人要。

"所以我不是说什么都没有么!"赫尔 W 辩解似的说。

赫尔 W 一直在跟踪我的视线。但我并没有特别失望,毕竟我一开始就没指望来这里看堂而皇之的凉亭、喷水池、剪成动物形状的树丛以及丘比特雕像之类,我只想看赫尔 W 的空中花园。

"比任何豪华庭园都漂亮。"我这么一说,赫尔 W 看样子多少舒了口气。

"若再稍微上浮一点儿,就蛮像空中花园了。但这个那个情况很复杂,怎么也没能如愿。"赫尔 W 说,"喝点茶什么的吧?"

"好啊。"我应道。

赫尔 W 从既像小背囊又像提篮的形状莫名其妙的帆布袋里掏出

一个科尔曼（Coleman）燃烧炉、一个黄色搪瓷茶壶、一个装有水的塑料罐，开始烧水。

四周空气冷得要命。我身穿厚厚的羽绒夹克，脖子上一道道地缠着围巾，但几乎无济于事。我浑身瑟瑟发抖，看着白雾在脚下慢慢扭着身子向南漂移。飘飘然地浮在雾上，觉得好像会连同地面被冲往远处陌生的地方。

我啜着热茉莉花茶如此说罢，赫尔W"嗤嗤"笑道："大凡来这里的人都这么说，尤其雾大的日子，尤其。说好像要被冲到北海上空去。"

我清清嗓子，指出刚才就想到的另一种可能性："或者冲到东柏林。"

"对对，说得对。"赫尔W用手指捋着干干巴巴的番茄蔓说，"我始终未能将空中花园建得更像空中花园的原因也就在这里。弄得太高了，东面的哨兵就变得神经兮兮，整夜打着探照灯，机关枪口一个劲儿瞄准这边。当然开火是不开火的，可终究不是叫人愉快的勾当。"

"是啊。"我附和道。

"另外如你所说，如果弄得过高，风压也高，果真连同空中花园被吹去东柏林那样的事态难保不会发生。而那样一来就糟糕透了，有可能被以间谍罪论处，基本没希望活着回西柏林。"

"唔。"

赫尔 W 的空中花园与一座位于隔墙——将东西柏林分开的隔墙——紧旁边的破旧四层楼的天台相连。赫尔 W 的花园比天台仅仅高出十五厘米，若不注意看，只能看成普普通通的天台花园。拥有壮观的空中花园却仅仅浮起十五厘米，一般人很难如法炮制。人们说"因为赫尔 W 是个文静的不出风头的人"。我也那样认为。

"为什么不连同花园整个迁到更安全的地方去呢？"我问，"例如科隆啦法兰克福啦或西柏林等更往里些……那样岂不就用不着顾虑谁而把空中花园弄得更高些了？"

"哪儿的话！"赫尔 W 摇头道，"科隆、法兰克福……"赫尔 W 再次摇头。"我喜欢这里。朋友们都住在克罗伊茨贝格（Kreuzberg），这里再好不过。"

喝完茶，他从帆布袋里掏出一个菲利浦便携式唱机，把唱片放在转盘上，按下开关。稍顷，亨德尔（Handel）《水上音乐》（Water

Music）的第二组曲流淌出来。嘹亮的小号声在克罗伊茨贝格阴云迷濛的天空下光闪闪地回荡开来。对于赫尔 W 的空中花园，此外还能有比这更合适的音乐么？

"下次夏天来好了，"赫尔 W 说，"夏天的空中花园才真叫有趣。今年夏天每天都在这里开晚会，最多时候有二十五人和三条狗上来。"

"居然谁也没掉下去！"我愕然说道。

"实不相瞒，两三个人醉得掉了下去。"说着，赫尔 W "咯咯"笑出声来，"但没有死，因为三楼飞檐坚固得很。"

我也笑了。

"一次把竖式钢琴都拖了上来！那时波里尼弹了舒曼。你知道，波里尼是个空中花园迷。另外洛林·马泽尔也想来，但毕竟不能把维也纳的气氛整个搬来。"

"那是的。"我表示赞同。

"夏天再来！"赫尔 W 握住我的手，"夏天的柏林妙极了。一到夏天，这一带到处是土耳其美食味儿、小孩子的嬉闹声、音乐声和啤酒——柏林！"

"真想来啊！"我说。

"科隆！法兰克福！！"赫尔 W 又摇了几次头。

这么着，赫尔 W 的空中花园现在仍浮在——仅上浮十五厘米——克罗伊茨贝格的空中，等待着柏林六月的到来。

后记

以年代来说，收在这个短篇集里的作品最早的是《烧仓房》（一九八二年十一月），最新的是《三个德国幻想》（一九八四年三月）。

时常有人问我长篇和短篇擅长哪个，这种事作为我也不大清楚。写完长篇之后模模糊糊觉得有意犹未尽之处，便用来写短篇；而一连写了几个短篇，又觉得不够解渴，于是动笔写长篇——就是这么一种模式。就是这么样写长篇写短篇，再写长篇写短篇。这种反复想必总有一天要结束，但眼下还是像抓救命稻草似的一点点写小说写个不止。

理由我自是说不好，总之非常喜欢写小说。

村上春树
昭和五十九年四月二十五日薄暮时分

HOTARU, NAYA O YAKU, SONOTA NO TANPEN
by Haruki Murakami
Copyright © 1984 Harukimurakami Archival Labyrinth
All rights reserved.
Originally published in Japan by Shinchosha Publishing Co., Ltd., Tokyo
Chinese (in simplified character only) translation rights arranged with
Harukimurakami Archival Labyrinth, Japan
through THE SAKAI AGENCY and BARDON CHINESE CREATIVE AGENCY LIMITED.

图字：09－2000－469号

图书在版编目（CIP）数据

萤/（日）村上春树著；林少华译. —上海：上海译文出版社,2021.9（2024.6重印）
ISBN 978－7－5327－8800－2

Ⅰ.①萤… Ⅱ.①村… ②林… Ⅲ.①短篇小说—小说集—日本—现代 Ⅳ.①I313.45

中国版本图书馆CIP数据核字（2021）第153664号

萤
[日]村上春树 著 林少华 译
责任编辑/姚东敏 装帧设计/千巨万工作室

上海译文出版社有限公司出版、发行
网址：www.yiwen.com.cn
201101 上海市闵行区号景路159弄B座
上海市崇明县裕安印刷厂印刷

开本890×1240 1/32 印张5.25 插页3 字数61,000
2021年10月第1版 2024年6月第3次印刷
印数：13,001—16,000册

ISBN 978－7－5327－8800－2/I·5434
定价：46.00元

本书中文简体字专有出版权归本社独家所有,非经本社同意不得连载、摘编或复制
如有质量问题,请与承印厂质量科联系。T：021－59404766